我的南北极之旅

陈钢鹰 著

人在旅途　梦在远方

2010·出发南极
2014·北极圆梦

中山大学出版社
SUN YAT-SEN UNIVERSITY PRESS
·广州·

版权所有　翻印必究

图书在版编目（CIP）数据

我的南北极之旅：人在旅途　梦在远方 / 陈钢鹰著 . —广州：中山大学出版社，2019.4

ISBN 978-7-306-06526-1

Ⅰ. ①我…　Ⅱ. ①陈…　Ⅲ. ①日记—作品集—中国—当代　Ⅳ. ① I267.5

中国版本图书馆 CIP 数据核字（2018）第 295033 号

出 版 人：王天琪
策划编辑：张　蕊
责任编辑：张　蕊
责任校对：靳晓虹
封面设计：刘　犇
装帧设计：刘　犇　林绵华
责任技编：何雅涛
出版发行：中山大学出版社
电   话：编辑部 020-84111997，84111996
　　　　　发行部 020-84111998，84111981，84111160
地　　址：广州市新港西路135号
邮　　编：510275　　　传　真：020-84036565
网　　址：http://www.zsup.com.cn　E-mail:zdcbs@mail.sysu.edu.cn
印 刷 者：虎彩印艺股份有限公司
规　　格：850mm×1168mm　1/16　12.25印张　250千字
版次印次：2019年4月第1版　2019年4月第1次印刷
定　　价：68.00元

如发现本书因印装质量影响阅读，请与出版社发行部联系调换

  一个热爱旅行的人,一生收藏着无数的梦想,立志走遍天下的梦想。世界上有许多地方是人生旅途不可错过的,行走在地球广袤的大地上,穿越时空,与历史对话,与心灵碰撞,你能深刻地感悟生活、感悟人生。

  如果说生命有长度,那么也一定有宽度和深度。长度是人自然寿命的长短,由自己掌握的可能性较低,宽度则是人的阅历,深度就是人的学识和内涵,宽度和深度完全可以由自己掌握。旅行是拓展生命宽度和增加生命深度的主要方法之一。旅游与旅行的区别在于,前者是游玩,是视觉的收获;后者除了游览,更有思考,有感悟,有心灵充实的收获和人生独特的体验。

  人的成长需要历练,生命的丰盈需要充实。古人云:读万卷书不如行万里路。读书是一种学习,行走更是一种学习。旅行可以净化人的心灵,减少人的物欲;旅行可以学习自然、地理、历史的知识,领略不同的文化、感受不同的风情;旅行更可以使人们开阔眼界、丰富阅历、愉悦身心、拜师结友,让生命经历不一样的精彩旅程。

  习惯了平淡和不变的生活,我们更加向往生活的改变,旅行就是改变生活的一种方式。旅行的魅力在于使人们感受新的环境,唤起内心的感动,对生活和人生有更多的感悟和热爱。

  旅行既是寻觅自然风光之美,也是探访人文胜景之幽。大文豪歌德曾经说过:"人之所以爱旅行,不是为了抵达目的地,而是为了享受旅途中的种种乐趣。"这种乐趣,在于人们可以不断地穿越和转换时空,遇见了美丽风光,晴朗了心情,学习了历史人文,深刻了思想,既是感官的新鲜体验,更是内心的美好充实。用双脚行走、用镜头记录、用知识追寻、用心灵感悟,一幅幅风景成为永恒的记忆,一次次旅行铭刻生命的历程,旅途中点点滴滴的感动,化作滋润心灵的鸡汤,发现和塑造一个更好的自己,人生因此多彩,生命因此无憾。

  孩提时,需要旅行去亲近和了解大自然,从小培养热爱自然、保护自然的环保观念;工作繁重时,需要旅行化解压力并触发灵感,旅途中美好的回忆将成为生命的动力,让你更加有热情和能量去投入工作；单身时，旅行也许能让你邂逅一个令你心动的人，收获一份刻骨铭心的爱情，甚至婚姻；结了婚有了家庭，一起去旅行，可以给爱情保鲜，给婚姻加固；有了孩子一起旅行，就是最好的亲子教育。当年华老去，老伴携手同游，回顾人生之路留下的足迹，更能体验最美不过夕阳红的境界，感叹此生无憾。

一个人的幸福感，可以来自丰衣足食，更来自内心的丰盈。丰衣足食，获得的是生活的踏实感；内心的丰盈，获得的则是灵魂的归属感。如果说生活踏实感能让人在人生的路上从容前行，那么灵魂的归属感则是人生路上的指路明灯。

有这样一句话：身体和灵魂，总要有一个在路上，要么旅行，要么读书。我的理解是：读书，就是灵魂的旅行；而旅行，就是灵魂的读书。如果说，旅行是视觉的美餐，那更是心灵的盛宴，感受大自然的多彩，也感受历史人文的厚重，读书与旅行能够充实精神，只有心灵的丰富和宁静，继而产生的身心愉悦，才是幸福的真正源泉。

岁月如梭，流水无痕，人生就是一本不断书写的书，一页页随时光流逝不断翻过。人生的最高境界，就是做自己喜欢的事，过自己喜欢的生活，生命太短太宝贵，没有时间留给遗憾。对于我来说，旅行天下看世界，感受多姿多彩的自然风光和人文景观，用心灵拥抱世界之美，是人生这本书最精彩的篇章之一。

环球旅行是我从小的一个梦想，当一步步走下来，梦想也正在一步步变为现实。迄今为止，我已经走过包括南极、北极在内世界七大洲100多个国家（地区）。大自然的鬼斧神工造就了许多令人大开眼界的风光，而人类在千万年的劳动生活中，也创造了灿烂辉煌的文明，无论是自然或人文景观，都会给人以美的享受和心灵的滋润。旅行天下，既有自然风光的观赏，又有人文历史的学习，两者相结合，感官与心灵都有收获，才是完美的旅程。旅行有很多意义，不同的人会有不同的感受，但最重要的，就是在人生体验中感到开心快乐，这就是最好的回报和享受。

自然与人文在悠久历史变化之间积淀的无穷魅力，是值得我们用一生去追寻探究的华美书卷。足迹印在七大洲的土地上，开心留在人生旅途中，对于胸怀祖国放眼世界而志在四方的行者，这一生一世，时间的确太少！生命只有一次，更应该在有限的时间里努力活出无限的精彩。

人生如旅途，旅途如人生，最美的风景永远在路上、在前方。快乐行走，在行走中享受快乐，在快乐中享受人生。眼界因旅行而开阔，人生因旅行而精彩。人在旅途，梦在远方，人生的路一直延伸，旅行的脚步也将继续前行……

陈钢鹰
2017年10月

  南极与北极,对于普罗大众来说是极其遥远而又十分神秘的地方;对于热爱旅行的人来说,是梦寐以求并努力追寻的目标。由于条件的限制,能够实现去南极和北极旅行的人并不多,而我是为数不多的幸运者之一。2010年和2014年,我去了两次南极,2014年还实现了北极之旅。世界上有些风景只属于少数人,属于那些热爱自然、不畏艰难、勇往直前的人,有幸成为这样的人,无疑是幸福的和值得自豪的。

  本书是笔者在南极、北极的旅途中写下的日记,从一个普通人的视觉,真实地记录了整个三段旅程的酸甜苦辣咸,这里不仅有极地大自然的壮丽风光,也有旅途中的所见所闻,还有途中邂逅的人生百态,更有旅行所收获的人生体验和心灵震撼。

  随着国家实力的增强和国家地位的不断提高,不但人们的物质生活日益改善,精神生活也有了更多的追求与向往,旅行已经成为现代人生活的需要和精神的追求,对于热爱旅行的人,除了必要的物质条件,更需要一种坚定顽强、不怕困难的精神,而在旅途中收获的,将是更加丰富厚实的人生。

  承蒙中山大学出版社的大力支持,这本以日记形式的游记得以出版,这不但是留给笔者的人生记录,也是与热爱生活、热爱旅行的朋友一起分享的机会,希望有更多的读者朋友可以从中得到美的享受和鼓舞,争取能亲身去地球的极地体验一番。

  世界大门已经为我们打开,走遍世界不再是虚拟的梦幻,而是可以脚踏实地去实现的人生目标。

  人生的追求永远没有止境,人在旅途,梦在远方。

文字撰写:陈钢鹰
图片拍摄:陈钢鹰 苏云飞

目　录

我的南极之旅 /1

我的北欧北极之旅 /93

北极

南极天堂湾

我的南极之旅

  南极很远，到达那里要跨越大半个地球。南极很冷，即使是夏天，气温也处于冰点。冰天雪地的南极，是地球最后一块净土。

  到南极去，对普罗大众是一个遥远而奢华的梦。然而，美梦可以成真。2010年初，我和先生一起，乘坐10万吨的"星辰公主号"邮轮，巡游了这块神秘而洁白的地方。十几年来，出国旅行成了我生活的一部分，但这次到地球极地的旅行，让我感到无比兴奋。去南极到底能看见什么？它将会带给我什么样的思考和影响？这些问题要到行程结束的时候才能回答。

①

第一次南极之旅

日期: 2010年1月13日
天气: 阴天
图示: ① 南极雪山

自从决定参加南极旅行,心情一直很兴奋,出发的时刻终于到来了。今天下午5点,我与先生、老同事叶先生夫妇以及来自广州、南宁、成都、无锡的团友共10个人,在广州花园酒店集合,由广东中信旅行社王总经理亲自带队,开始我们的南极之旅。虽然我们很多人原本互相不认识,但为了南极而走到一起,彼此很快就一见如故,围绕南极之行有了共同的语言。

据王总介绍,我们是内地乘坐大型邮轮游南极的首发团,我们肩负着探路和开拓的重要使命,但愿从我们开始,遥远的南极会有更多挥动五星红旗的中国游客。

飞机追逐太阳飞行到了巴黎

日期： 2010年1月14日
天气： 多云
图示： ① 南极雪山

清早6点起床，收拾好行装到机场办理登机手续，乘坐法航183次航班在巴黎转飞阿根廷首都布宜诺斯艾利斯，再从这里乘坐邮轮向南极出发。这是一次艰苦的旅程，飞行时间共计近30个小时，但比起去南极寻幽探胜的兴奋，这点辛苦还是值得的。飞机追逐着太阳，经过13个小时的飞行，平安降落在巴黎戴高乐机场。虽然是转机，但仍然要二次安检，出外还是安全第一，安全是快乐行程的保证。

在机场有5个多小时的候机时间，不能出机场，只能到处溜达打发时间，下一程飞往阿根廷布宜诺斯艾利斯的行程更艰苦，要飞行15个小时。

①

飞行一万一千多千米
到达布宜诺斯艾利斯

日期： 2010年1月15日
天气： 少云
图示： ① 布宜诺斯艾利斯联合广场　② 玫瑰园　③ 阿根廷国旗　④ 探戈舞演出

经过14个多小时飞行11 000多千米，当地时间上午9点半顺利抵达南美洲大陆第一站——阿根廷布宜诺斯艾利斯。

南半球的阿根廷正处于夏季，到宾馆安顿下来，脱下厚厚的冬装，换上轻盈的夏衣，整个人顿时轻松起来。

了解一个地方，最直接的方式就是实地观察。饭后在当地华人导游小延（12岁时随父母从甘肃移居阿根廷，迄今已有10多年，自称老华侨）的带领下，我们来到联合广场。蓝天白云下的广场中央，盛开着一朵巨大的金属郁金香花，它的开合和朝向会随着阳光而改变。

布宜诺斯艾利斯号称"南美巴黎"，市民大多是欧洲移民后裔，城市建筑极具欧陆风情，其中雕塑特别多，街头和公园有各种各样的雕塑，凸显这座城市的历史与文化，也体现市民的文明素养和艺术情怀。

①

接着我们来到联合广场附近的玫瑰园，此地种植了许多玫瑰花。老人们沐浴着夏日的阳光，孩子们嬉戏奔跑，情侣们窃窃私语、亲昵拥吻，一家大小打地铺享用野餐……和平的日子多么美好。

华灯初上，我们来到市中心七九大道的探戈剧场，首先享用正宗的阿根廷烤牛肉大餐，然后欣赏阿根廷国粹——探戈舞的表演。

探戈舞在全世界享有盛名，在阿根廷的地位相当于京剧在我国的地位。它的表演类似情景剧与舞蹈的混合，音乐节奏明快，舞步华丽高雅、热烈狂放且变化无穷，交叉步、踢腿、跳跃、旋转令人眼花缭乱。探戈舞是混合了非洲、西班牙等不同的风格，在阿根廷这块富饶的土地上，杂交生长出来的一朵绚丽多姿的花朵，受到全世

③

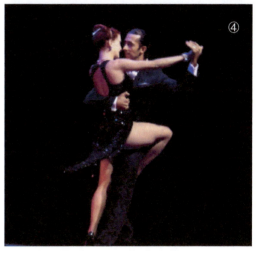
④

②

界人们的喜爱。

探戈舞是节奏明快、动作潇洒、配合默契、技巧娴熟的双人舞。其中有一对老人舞伴，头发银白，身材已不再妙曼，动作虽然不像年轻人那样激情似火，但胜在长年累月的配合，两人心灵相契，动作已融为一体。他们的表演获得观众最多的掌声，这是对他们演出的褒奖，也是对生命的礼赞，生命的每个阶段都可以很精彩。

初识布宜诺斯艾利斯

日期： 2010 年 1 月 16 日
天气： 阴雨
图示： ① 博卡区街头探戈舞
   ② 国会大厦
   ③ 博卡青年俱乐部体育用品店
   ④ 阿根廷总统府
   ⑤ 老虎洲

半夜里一阵阵闪电，早晨起来看见地上湿漉漉的，下雨了。布宜诺斯艾利斯的夏季也正是雨季，雨水给夏日带来些许凉意。雨一直下着，我们乘车前往 40 多千米外的老虎洲去游览。

位于银河入海口处的老虎洲，由泥沙冲积而成，早年英国人到此处把狸猫误认为老虎，因而得名。这里的河道蜿蜒曲折，河水把沙洲分割成众多的小岛，岛上修建了许多风格各异的童话式小房子，每户房屋临河修建小码头，出入以船代步，岛上绿树成荫，芳草萋萋，住在这样的地方，远离城市的喧嚣，一定很平静安逸。

每个城市都有自己的心脏地带，而布宜诺斯艾利斯的"心脏"，就是五月广场。五月广场集中了该城市的主要建筑：国会大厦、总统府、五月革命纪念碑、大教堂、历史博物馆，等等。这些已有三四百年历史的雄伟建筑，浓缩着阿根廷的建国历史。

下午回到市里的五月广场继续参观。国会大厦是典型的意大利式建筑，外面是白色的大理石，四周矗立着希腊立柱，正中塔楼有一架凌空欲飞的青铜马车。修建于 1723 年的大教堂古老而雄伟，阿根廷的民族英雄圣马丁的灵柩安放在这里，两位塑像似的卫兵守卫在灵前，伟大的英灵永远在此安息，世代受到人们的敬仰。

橘红色的总统府则是一座西班牙风格的建筑，因为它那华丽而神秘的玫瑰色外墙，被誉为玫瑰宫。玫瑰宫总统府正门前，是一座跃马横空军人的青铜雕像，这位骑士就是阿根廷五月革命的领导者之一、阿根廷国旗设计者贝尔格拉诺将军。

热爱足球的球迷们都知道阿根廷的博卡青年足球俱乐部，我们这些伪球迷也知道那是著名的足球运动员马拉多纳成长和成名的

地方。今天下午我们还到博卡青年足球俱乐部去参观，马拉多纳就是在这里成名并走向世界的。

博卡区是一个港口区，过去住在这里的人把船厂用剩的油漆涂抹在房子的门框和墙上，房屋外墙被涂抹得五颜六色，无意中成了一道风景。这里还是著名的探戈舞的发源地，大街上不少舞男舞女拉拢游客与他们共舞几个动作，收费5美元。我们几个团友轮番上阵，在大庭广众之下笨拙起舞，动作不优美而胜在娱乐，出来玩就是放松，只要开心就好，既快乐自己也娱乐别人。围观的人们看得乐不可支，一贯以严肃面孔示人的中国人，原来也可以这样放松地玩。

离开博卡区后，我们来到著名的佛罗里达商业步行街，大街两旁是古色古香的欧式建筑，林林总总的商铺，琳琅满目的商品，来来往往的人群带来足够的人气。到布宜诺斯艾利斯旅游的人，多半会到这里来采购一些手信作为留念，尤其是阿根廷特产玫瑰石工艺品或首饰。布宜诺斯艾利斯还是全球十大美女城市之一，街上飘然而过的气质美女，回头率极高。我们边参观边选购，满载而归。

④

⑤

登上10万吨的"星辰公主号"邮轮启程南极

日期: 2010年1月17日
天气: 晴
图示: ① "星辰公主号"邮轮
　　　② 10万吨级的邮轮
　　　③ 邮轮上的游泳池
　　　④ 布宜诺斯艾利斯方尖碑

如果说前两天在布宜诺斯艾利斯的观光是本次行程的铺垫，那么今天就正式进入主题了。乘坐全球最大的邮轮公司嘉年华集团属下的10万吨级"星辰公主号"豪华邮轮，今天就要启程向南极出发了。

早晨起来离出发时间还有3个多小时，我们与叶先生夫妇一起，抓紧时间步行到七九大道的方尖碑去参观。埃及首创的方尖碑，像一把出鞘的利剑直指蓝天，被许多国家和著名城市的建筑所采用。

七九大道旁边还有举世闻名并号称世界三大歌剧院之一的阿根廷科隆大剧院，可惜正在维修，被包裹得严严实实，无缘一睹其芳容。

登船的时刻终于到了，游客们从世界各地来到这里登船，"银发一族"成了主力军，人流熙熙攘攘，接待工作井然有序，经过移民局、安检等手续，中午12点45分，我们终于登上"星辰公主号"邮轮。今后的17天里，这艘10万吨的邮轮，将成为我们在海上温暖的"家"。

我们居住的B204房，位于11层甲板船头内舱，面积15平方米，内设洗手间、衣帽间，有电视、冰箱、保险柜等设施，感觉舒适宜人。据资料介绍，全船共有1 301间客房，7个各式餐厅和酒吧，24小时提供各种餐饮，3个主要剧场每天均有各种表演可免费观看。除此之外，还有免税商店、健身美容中心、游泳池、图书馆、艺廊、儿童活动室、高尔夫练习场，甚至还有赌场及结婚礼堂，各种需求均能得到满足，如此看来，在船上可以有许多活动，不愁时间不好打发。我们从上到下，从船头到船尾转了一圈，转得有点迷糊，因为这条长达300米、高达18层的庞然大物，实在是太大了。

下午5点45分，"星辰公主号"邮轮缓缓离开布宜诺斯艾利斯码头，驶向神秘的南极远方。船因为大，行驶时特别平稳，丝毫感觉不到摇晃，今晚一定能香甜入睡，愿船上所有旅客都拥有一个美好的夜晚。

晚安，大西洋！

第一天的邮轮生活

日期： 2010年1月18日
天气： 多云
图示： ① 迎接日出
② 游轮上的游泳池
③ 船上自娱自乐

　　日出每天都有，但不同地方的日出总能带给人们不同的感受。奔向南极邮轮第一天的日出，当然不容错过。清晨5点，我们起床到外面的甲板去看日出。东方一抹浅红，风很大，吹得人几乎站立不稳，云层很厚，看来日出不易看到。等我们到餐厅坐下，抬头往窗外望去，只见蛋黄似的太阳已冲破云层。我们急急忙忙冲上甲板拍下几张照片。看来失望总是蕴藏着希望，努力坚持一下就有成功的可能。

　　下午甲板上已有凉意，毕竟离南极越来越近了。先生到九洞高尔夫练习场挥杆，经过大半年的学习，姿势已有一些，但不知实际如何，留下几张豪华邮轮挥杆的标准像，也挺有纪念意义。有一个小朋友也在挥杆打球，一老一少相映成趣。

　　在船舷边吹风时，猛然看到一群海豚追逐邮轮而来，它们不时跃出海面，仿佛在欢迎我们这些远方来客。真是太幸运了，第一天就看到海豚，希望好运接踵而来，让我们看到更多的美景和海洋动物，当然，南极的主角——企鹅，更是必不可少的了。

　　听说晚上有船长欢迎晚会，大家都很重视，男士们西装领带，女士们裙装，叶先生的太太还为此专门购买一件闪闪发光的旗袍，结果却是一个跳舞的晚会，既没有隆重的仪式，也没有船长致辞。大家随心所欲发挥，虽然浪费了表情还蹦出一身臭汗，但总算让带来的西装、裙子露了一把脸，还不至于白带。

　　晚上8点多，橘红色的落日慢慢沉入一望无际的大海中，天际的晚霞绚丽多彩，从玫瑰红到深紫色再到灰黑，每一分钟都在变换，直到天地间一片黑暗。

船方举行盛大的欢迎仪式

日期： 2010年1月19日
天气： 阴雨
图示： ① 倒香槟酒 ② 邮轮晚上的演出
③ 欢迎晚会现场

起了个大早想再次看日出，结果还是晚了点，太阳已从海平面跃出，天地间万道金光，看来明天还要赶早。

早餐后去打乒乓球，如果船上组织乒乓球比赛，我想问鼎的一定是中国人。上午有一个南极情况和鸟类介绍的讲座，我们到会场时，能容纳700多人的剧场已座无虚席，连过道也坐满了人。

午餐享用一顿日本料理，与西餐相比，中国胃更容易接受。船上伙食花样还是挺多的，光是水果每顿就有七八种之多，饕餮之徒可大饱口福。可惜本人只钟情中餐，其他饮食不过浅尝而已。

为了保持联络互通情况，领队庞小姐向船方为我们10人争取每晚6点在P餐厅集中用围餐的待遇，一来大家可以相互交流，二来庞小姐可以向不懂英语的我们通报船上活动的有关情况（每天晚上各房间都会收到一张详细介绍第二天船上所有活动的《公主日报》，可惜我们看不懂），三来可以为我们点餐，考虑得甚为周到。

昨晚庞小姐为我们点了巴哈鱼、生蚝汤；今天点了三文鱼馄饨、全鸡等美食。西餐的吃法很耗时，一道一道上，慢慢品尝，还没有吃饱，船长欢迎仪式就已经开始了。

我们赶到活动地点，只见人头涌动，从5楼到7楼的主甲板和楼梯上已经站满了人。男士西装革履风度翩翩，女士衣香鬓影百媚千娇，过去只有在电影里见到的场景，此刻真实展现在眼前。

5层甲板几百个酒杯堆成一个十几层高的金字塔，人们排着队依次走到酒杯前，与船方生活总监一起，把一瓶瓶的香槟酒倒进最上面的酒杯里，金黄色的香槟酒从上往下汩汩流淌，直到所有的杯子全部装满。人们用这样的仪式表达奔向南极欢聚一堂的喜悦心情。

欢迎仪式后紧接着是欢迎晚会，由船上艺术团表演节目，类似百老汇的歌舞。汲取听讲座的教训，这次早点去剧场占位，总算找到一个比较好的位置，欣赏了一场热闹的歌舞表演。

丰富多彩的邮轮生活

日期： 2010年1月20日
天气： 阴有雾
图示： ① 打乒乓球 ② 送走晚霞

早上4点半起床看日出，很遗憾，今天天阴云厚，久等日出还是无法如愿。祈求即将在南极的几天天气晴朗，让我们看到更多的美景，莫辜负我们万里迢迢赴南极的辛劳。

早餐后照例去打乒乓球、游泳、泡温水，船上节目很多，总能找到消遣的地方。在7楼星光剧场，看见许多人在等待，以为有音乐会，结果是交谊舞扫盲速成班。我们在老师的教导下，经过45分钟勤学苦练，学了华尔兹三步舞三个动作，先生自我感觉良好，认为有了一招走天涯的资本，还得意扬扬自认师出洋门，哈哈！

晚餐聚会的话题主要内容是议论今年9月再次乘邮轮游览北极之事，看来经过几天的邮轮旅游生活，大家的兴趣已被调动起来了，还没有看到南极就已经记挂着北极了。旅游就是探求未知、满足好奇心的过程。

邮轮很舒适，但上岸观光的时间相对少了点，对于我来讲，希望多看些东西，多长些知识，多拍些好照片，多结交些志同道合的"驴友"。

幸运的是，这两天"星辰公主号"邮轮横渡德雷克海峡竟然没有什么风浪，这个南美洲和南极洲分界的海峡，宽达970千米，大多都是风高浪急，是前往南极必过之关，幸亏我们乘坐的邮轮吨位够大，所以基本上没有感觉风浪摇晃。

到达南极第一站
——象岛

日期： 2010年1月21日
天气： 阴有雾
图示： ① 进入南极

　　睡到自然醒已是清晨4点钟，昨天看不到日出心有不甘，起床后把自己包裹得严严实实地跑到15层甲板上，只见天地雾茫茫，能见度比昨天还差，看日出绝对是没有戏了，只好悻悻回到船舱。下午4点就要到达南极的第一站——象岛，期盼天气赶紧好起来。船员告诉我们，南极天气说变就变。我历次出游时运气都不错，希望这次也不例外。

　　早餐后我们抓紧时间去健身。打乒乓球时，有个花白络腮胡子的高个外国人饶有兴趣地坐在旁边看我们打球，见他跃跃欲试的样子，我们主动邀请他一起玩，他挺高兴，自我介绍说来自美国，并问我们从什么地方来。直拍对横拍，中、美"选手"大战几百回合，尽兴而归。打乒乓球他不是我们的对手，如果打篮球，他只要站着不动举起手，我们也够不着篮球。重要的是通过接触相互交流，表达友谊增进了解。语言不通，我们用最简单的英语再加上肢体语言来交流，最实用的是用真诚的笑容表达我们的友好。

　　下午不到4点，船舷两旁已站满了人，大家翘首以盼，盼着象岛的出现。天气很冷，寒风刺骨，但也抵挡不住大家兴奋的心情。远处飘来一块浮冰，引起人们一阵骚动，随后除了几块浮冰再没有其他动静。天越来越阴，一阵广播后，人群大部分散去，听不懂广播的我们生怕错过而继续坚守，直到天色沉沉。事后我估计船长广播说因天气不好，为安全起见船不能太靠近象岛，象岛可能看不到了，大家听后赶紧回到温暖的船舱避寒。

神秘南极初露真容

日期： 2010年1月22日
天气： 雨夹雪
图示： ① 南极初露真容　② 庆祝到了南极

①

就像一幅幅水墨画。我们拿着相机不停地拍照，一定要把南极的美景永远定格、永远留念。

我专门从广州带来一面小五星红旗，为的就是这一刻，挥动五星红旗在南极留影是一件多么有意义的事情：它告诉南极，我们中国游客也来到这世界极地，一起分享南极的美景。南极是世界人民的共同财富，中国人已加入了南极研究开发的行列，我国在南极建立了长城站、中山站、昆仑站，但来南极旅游的中国游客还很少，我们也算是先行者之一，这是值得我们骄傲与自豪的事。相信随着国力的增强和人民生活水平的不断提高，来南极旅游观光的中国人一定会越来越多。

小红旗最后让庞小姐送给了餐厅服务员，是服务员主动索要的。说实在的，我还真有点舍不得。这面小红旗，2008年迎奥运圣火时在广州摇动过，国庆60周年那天在北京八达岭长城挥舞过，这次万里迢迢从广州带来在南极展现过，最终把它送给外国朋友，也算是一件有意义的事。

晚上10点多，太阳下班，晚霞把西边的天际涂抹得五彩缤纷，看来明天天气一定不错，而早上4点钟，太阳又要升起了。

早上4点起床到外面一看，天不但阴沉着脸，居然还飘起了片片小雪花，但我相信否极泰来，坏到极点必然要转化，在南极还有两天的时间，我们相信好天气一定会到来。既来之则安之，无论好坏，日子总是要过，还是好好珍惜眼前的一切吧。

午后天气开始好转，南极展现真容：雪山露出美丽的身姿，海的四周是高低错落的山峦，白雪覆盖的稀薄处露出黝黑的山体，

在南极终生难忘的一天

日期: 2010年1月23日
天气: 晴转多云
图示: ① 南极绚丽的早晨 ② 海鸥 ③ 千姿百态的浮冰 ④ 观赏南极美景
⑤ 特殊的庆祝方式 ⑥ 巡游南极中国大陆首团

今天果然是个好天气，3点多起床迎接新的一天。甲板上虽然很冷，但好天气带来好心情，只觉得心里暖洋洋的。曙光初照，朝霞绚丽，雪山闪着蓝莹莹的光芒，一道白纱巾似的云朵缠绕在山腰，鸟儿飞来飞去，空气清新得让人陶醉。没过多久，排列有序的洁白的云朵像扇面一样展开，雪山冰川更显大气壮观。

邮轮穿行在狭窄的利马水道，两岸的雪山几乎触手可及，海里的浮冰千姿百态，有的像飞机，有的像小鸟，有的像面包，有的像冰淇淋……丽日蓝天下南极的瑰丽和壮观一览无遗，万千气象让人震撼、着迷，此情此景令人终生难忘。我们尽情拍照、录像，让南极的美景和我们目睹南极的欣喜之情永远铭刻在我们的记忆中。

性格张扬的外国人的庆祝方式也别具一格，好几个外国人脱掉上衣，光着膀子在甲板上作秀，引来围观者一阵阵哄笑。

海上不时见到鲸鱼在水面翻滚，浮冰上还看见小企鹅，海鸥、信天翁等鸟儿就更多了，南极是它们可爱的家园，人类只是慕名前来的观光者，保护好南极这片净土，让那些可爱的动物永远无忧无虑地生活在这片纯净的天地中，是人类的责任。因条件有限，这次虽然没有踏上南极大陆的土地，说实在的是有一些遗憾，但同时也最大限度地保护了南极的自然环境，我们只带走美景，连足迹也不曾留下，留下一个干净纯洁的南极给我们的子孙后代，希望他们世世代代都能看到。

美景当前,身为旅行社老总的王总,不失时机展开早就准备好的横幅,大搞营销活动,引来不少外国人围观,我们高兴地充当了一回群众演员。壮丽的南极冰川和我们欢天喜地的样子,一定有很好的宣传效果,加上我们回去后口口相传,相信王总的后续团一定能卖得火,我们下次参团的优惠就有着落了。

下午天气开始变坏,邮轮驶离南极。尽管不舍,但也非常满足,毕竟我们来到了南极,并亲眼看见了南极的壮丽景观,纵然千辛万苦也不虚此行了。

依依不舍离开南极半岛

日期： 2010年1月24日
天气： 多云
图示： ① ② ③ 邮轮晚上的演出

因为天气变坏，邮轮提前离开南极，本来今天白天应该经过的马蹄形的奇幻岛，可能昨夜就已经经过了。今天白天除了茫茫大海，基本上没什么看头了，心里不记挂什么，一觉睡到6点。偏偏今天王总拍到日出的照片，不禁有些懊恼：天天起早都看不到，认为不可能的却又有了。

早餐后又去挥拍打球，和高个外国人再次相遇在球桌旁，看来我们都是乒乓球的爱好者，彼此已是熟人，再次切磋球艺，分别时合影留念。

晚上看音乐演出，虽然听不懂他们唱些什么，但看到他们表演得十分卖力，表情甚为夸张，这大概与西方人的张扬个性有关，与东方人含蓄内敛的性格大相径庭。

穿越合恩角和比格尔海峡到达大陆尽头
——乌斯怀亚

日期: 2010年1月25日
天气: 阴转多云
图示: ① 乌斯怀亚 ② 比格尔海峡 ③ 鲁冰花

清晨5点，邮轮来到智利的合恩角。这里是南美大陆的最南端，隔着德雷克海峡与南极相望，地理位置重要，风高浪急，是世界著名的五大海角之一。由于风暴异常，海水冰冷，历史上曾有500多艘船只在这里沉没，两万余人葬身海底，因此有"海上坟场"的恶称。

天蒙蒙亮，寒气袭人，甲板上已站满目睹合恩角的人群，远处的航标灯一闪一闪，海中尖利的礁石挺立。幸亏今天还算风平浪静，邮轮绕合恩角一周后，向火地岛驶去。柔弱的阳光从厚厚的云层中射出，突然间天边挂起一条彩虹，机不可失，马上用相机拍下。昨天看到船上展示的风景照中有一张是有彩虹的，心里好生羡慕，想不到今天自己也拍到了，多谢老天的眷顾，机会总是留给有准备的人，这话一点都不假。

上午邮轮举办了一场甩卖会，眼镜、首饰、女士化妆包、围巾等一律10美元，引得大家疯抢，交钱刷卡还要排队。

邮轮一路向北，开始穿越比格尔海峡，比格尔海峡是太平洋和大西洋的分界线。越往北，天气越好，风景也越来越漂亮。船首的左边是智利，右边是阿根廷，两边都有连绵的雪山。中途在水道中停留了约20分钟，经过智利一个美丽的小镇，船停下来是让游客们拍照的。

午餐时，看见海峡中有两个小岛，其中一个还有灯塔，远远望去，岛上密密麻麻挤满小黑点，我想一定是鸟类，急忙用相机拍下，回来放大一看，原来是庞大的企鹅群，真是意外的收获。在南极半岛，企鹅大多生活在海湾，而庞大的邮轮无法进入狭窄的海湾，只能远远目睹冰块上的企鹅而无法亲近。

下午5点钟，邮轮停靠在火地岛阿根廷一侧的首府乌斯怀亚，这是地球大陆最南端

②

③

的城市，也是离南极最近的城市。

晚餐后，游客们纷纷离船上岸进城去逛街。这个人口只有8万人的小城，靠山面海，山上终年白雪皑皑。依山建筑的房屋高低错落有致，港湾内风平浪静，停靠着各种大大小小的船只，许多前往南极的船只将在这里启航，成群的海鸥在空中盘旋，个头长得也比别处的大，可能是这里环境好的缘故吧。市面整洁干净，看上去十分养眼。路边和住宅的花园里花木繁茂，尤其是一种在中国没见过的、像棒槌一样粗大、层层开花的花朵，五颜六色新鲜挺拔，十分漂亮，听说这就是鲁冰花，使人流连在花丛中久久不愿离去。

①

观光乌斯怀亚

日期： 2010年1月26日
天气： 晴
图示： ① 乌斯怀亚国家公园　② 街上自娱自乐的老人　③ 观光小火车　④ 世界最南端的邮局

　　一个晴朗的好天气，带给我们一整天在乌斯怀亚游览观光的好心情。我们乘坐地球大陆最南端的窄轨小火车前往火地岛国家公园观光。火车道是当年的囚犯修建的，现在却成了火地岛热门的观光路线。火车站小巧玲珑，就像童话世界里的小木屋，火车有红、绿两色，挂有7节车厢，玻璃窗足够大，方便游客观光和拍照。

　　火地岛是个十分寒冷的地方，每年有半年以上寒冷冻人，现在是盛夏时节，而温度也只有10度，四周山上的积雪是终年不化的。火车经过的地方，林木郁郁葱葱，地上有许多被砍伐留下的树桩，远远望去就像大地上的棋子。河道蜿蜒，河水欢快地流淌，草地上长满各种颜色的小花，马儿在草地上悠闲地吃青草、晒太阳，好一幅田园牧歌的动人图画。

　　火车到达终点后又换乘大巴，最后来到恩深那达湾。这里已是火地岛的最南端，站在高处可眺望德雷克海峡了。群山围绕着海湾,海浪轻吻着海岸,树木苍劲,景色宜人。

这里还有世界最南端的邮局,不过是搭在海边的一间小木屋。由于它的名气大,人们争相在这里邮寄明信片、购买纪念品,把小木屋挤得密不透风,唯一的营业员老伯忙得不可开交。

随后我们前往大雪山游览,其实在这个城市里,随时都可以看到雪山,坐缆车上山,只不过是更近距离观看而已。毕竟是站得高,望得远,站在山顶,整个乌斯怀亚城市一览无遗,庞大的"星辰公主号"邮轮也成了一道特别的风景。山下阳光灿烂,温暖宜人;山上寒气逼人,竟然还下起了小冰雹。

下山后自由参观,在街上闲逛。大街上有一个几平方米的小舞台,一对年龄起码70岁的老年男女,身穿鲜艳的民族服装,随着音乐翩翩起舞,不知疲倦地跳完一曲又一曲,既娱乐别人又开心自己,也给这个城市增加一点温馨和欢乐的气氛。

下午挥别美丽的乌斯怀亚,邮轮进入著名的麦哲伦海峡。在巴拿马运河开通之前,

②

③

这里是连接太平洋和大西洋的重要水道。水道两岸低矮的雪山清晰可见,除了连绵的白雪,还有冰川及冰雪融化形成的小瀑布。浪不高,但风很大,还有雾,听说水下急流很多。

④

游览智利蓬塔阿雷纳斯

日期： 2010 年 1 月 27 日
天气： 多云
图示： ① 智利蓬塔阿雷纳斯 ② 市中心 ③ 麦哲伦塑像

天亮时，邮轮来到智利的蓬塔阿雷纳斯。

日出被厚厚的云层遮挡，太阳顽强地从云缝中射出光芒。在阳光的照射下，云朵变化多端，煞是好看。早餐后走上甲板，只见明亮的阳光洒满天地，一道巨大的彩虹高挂在蓬塔阿雷纳斯的上空，真漂亮。这也是我在三天之内第二次拍到彩虹的照片，真幸运。

因为大船不能直接停靠码头，必须用救生艇接驳，所以轮候上岸的时间有点长，好不容易上了岸，智利导游已等候我们多时了。

上车后直奔山上的观景台，整个蓬塔阿雷纳斯尽收眼底。城市的格局与乌斯怀亚相同，都是依山靠海，但城市建设与繁华程度稍微逊色一些。

随后导游带我们去慈幼博物馆参观，这里展示的是蓬塔阿雷纳斯的历史、风土人情等资料，特别介绍了印第安人的生活及消亡历史，使我们对智利尤其是蓬塔阿雷纳斯的历史有了初步的了解和认识。

导游带我们参观了两幢位于市中心的贵族豪宅，那是100多年前的贵族住宅，现已被列为旅游景点。典型的欧式建筑，外表庄重大方、气派典雅，里面装修豪华，处处透出主人贵族的优雅和财富的不凡。

中午在华侨开办的彩虹餐厅吃了一顿自助式中餐，算是解了馋。船上的餐饮其实很丰富，尤其是晚餐。有多年海外生活背景的庞小姐，每天换着花样给我们点各种西餐，先上开胃小菜，接着是蔬菜沙拉，再来主食，最后是甜点、冰淇淋。吃完一道上一道，还要更换餐具，吃得比较费时。庞小姐说西方人也不一定有我们在船上品尝的西餐品种多，而且有些品种在西餐馆吃也是很贵的。相对来说，我比较喜欢主食鱼和虾，新鲜可口合胃口，但无论怎样，我的中国胃始终还是喜欢中国餐。

午餐后，导游领我们去参观开拓者公墓。这个具有100多年历史的墓地，其实埋葬的大多是早期移民智利的有钱人，包括上午我们参观的那座豪宅的女主人，她的墓园在整个墓区也是别具一格，阳光下金光闪闪，在蓝天下十分抢眼。墓园建筑大多十分讲究，不少还有雕像。巨大的柏树修建成宝塔形，长年累月守护这里的亡灵。

接着参观海军博物馆。智利的国土狭长，海岸线漫长，建立一支强大的海军对智利保家卫国十分重要。回程在码头候船时，看见海边木栈桥上密密麻麻都是鸟，不知是企鹅还是鹈鹕，大家一直争论不休。

蓬塔阿雷纳斯可参观的景点不多也不算精彩，但总算是到智利的一个落脚点，听说附近有个地方看企鹅很棒，可惜时间不够了。导游对中国的友好情谊给我留下印象，他称赞中国，尤其是北京奥运会盛大精彩的开幕式和鸟巢的宏伟建筑，他不吝赞美之词，并表示一定要到中国去看看。伟大的祖国赢得世界人民的尊重，这也是我们身为中国人的骄傲。

目睹瑰丽的南大西洋日出

日期： 2010年1月28日
天气： 晴
图示： ① 灿烂的南大西洋日出 ② 游轮上的生活

　　经过几次以希望到失望的折腾，苍天不负有心人，今早我们终于目睹了瑰丽的大西洋日出的全过程。海上风平浪静，天空清爽，几道云彩，一轮红日从海平面缓缓升起：从小半圆到半圆，从大半圆到满圆，每一秒钟都在变化，从橘红色到耀眼的金黄色，我们用照相机全程记录，留下完美的全过程。

　　午餐时与一对来自英国的华侨张氏夫妇同桌，他们从香港移居英国已有50多年了。因同声同气，席间我们相谈甚欢。邮轮上来自多个国家不同种族的人，但大家相处融洽，彼此间友好和睦，谦让有礼。只要看到两个人在照相，总是有人主动前来询问要不要帮忙。生活在这里，就像一个跨国大家庭，不但有安全感，还有温暖感。如果全世界都这样，没有战争和动乱，不同国家的人民友善相处，世界将变得多么温馨而美好！

　　邮轮上不但节目多，购物也很方便，每天都有促销活动，物美价廉的商品引得人们争相血拼。船上所有消费全部刷卡，使用方便，只要刷得高兴，那就刷吧，还钱是回家以后的事。

　　本次南极之旅花费不菲，但还在可以接受的范围之内，毕竟去一次南极不是一件轻而易举的事情。由此想到，我国也可以大力发展邮轮旅游，这也是消费拉动经济的好办法。邮轮旅游在西方已发展了几十年，运作很成熟，服务质量好，中国要搞，相信硬件容易解决，服务水平等软件的提高恐怕就要假以时日了。

　　听说为了保护南极环境，大型邮轮游南极是倒数第二年，还有明年两趟就要结束邮轮游南极的历史了。如果真是这样，我们幸运赶上末班车了。乘坐小船进南极，可就要辛苦多了，看见网上有人说，乘三天船晕了两天。看来北极也要抓紧去了。

登陆福克兰群岛首府——斯坦利

日期： 2010年1月29日
天气： 晴
图示： ①③斯坦利市容 ②用鲸鱼骨做的地标
④教堂 ⑤岛上的企鹅 ⑥马岛战争纪念碑

　　心无牵挂一觉睡到6点钟，是这次旅行睡得最香的一觉。船外阳光明媚，远远看见陆地，已近福克兰群岛。福克兰是英国的叫法，马尔维纳斯则是阿根廷的叫法。

　　据说这里有许多企鹅，这次上岛的重头戏就是与企鹅亲密接触。虽说南极以企鹅众多闻名，但由于邮轮身躯庞大不便进入港湾，而那里才是企鹅的天地，因距离太远，有意无意拍下来的企鹅就像一群小蚂蚁。

　　今天天气晴朗宜人，风和日丽，这在福克兰十分难得。这个孤悬于大西洋的海岛，一年有250多天的雨雪天气，气候十分寒冷湿冻。今天这么好的天气是老天爷对我们的恩赐，事后连航海多年的船长也在广播中说，在福克兰遇到这么好的天气很幸运，足以载入他的航海日志中。

　　同样是用救生艇接驳上岸，作为福克兰群岛首府的斯坦利，是世界上最小的首府，

人口只有几千人，却拥有自己的宪法、国徽、旗帜、货币，以显示自治。

斯坦利的面积不大，几条街道，步行参观半天足矣。镇上的房屋大多是一层的金字顶平房，屋顶有红色、绿色、蓝色、橙色，宛如童话故事里的小房子，十分好看，教堂就是全镇最高的建筑物了。镇上有居民2 000多人，绝大多数是信奉基督教的英国人后裔，因此教堂是必不可少的，教堂里的彩色玻璃窗绚丽多姿，静静的大厅里三三两两的人们在默默祈祷，这里是远离故土的人们心灵的家园。

早年这里许多人从事捕鲸活动，岛上还遗留不少当年的痕迹，尤其是教堂边一个用四支巨大的鲸鱼骨搭建的拱形门，与教堂一起成为斯坦利的标志性建筑。

上岛后首要任务就是去看企鹅，以弥补在南极的遗憾。我们租了一辆车，向断崖湾直奔而去，看望企鹅的心情，有点像看望一个多年不见的老朋友一样，既兴奋又有点紧张，生怕见不到。

到了停车场，远远望见海滩上有一堆密密麻麻的小黑点，估计是企鹅，心中一阵欣喜，拔足狂奔而去，果然是一群企鹅正在晒太阳，大概有七八十只，可能是一个家族。为了保护企鹅，这里不让人们惊扰它们的正常生活，崖边拉起铁丝网，只能远观而不能近看。

即使这样也已经很满足了，我们终于清楚地看到这些可爱的小动物了，尤其是它们走路时左右摇摆的笨拙样子，多么可爱。

被誉为鸟类王国的福克兰，因环境独特、人烟稀少而成为禽鸟的乐园。在这里，禽鸟的数量和种类都很多，在岛上逗留短短5个小时，我就拍到野鸭、野鹅、秃鹫、水鸟、海鸥等禽鸟的照片，收获很大，过足了

④

瘾,感觉良好。

　　福克兰除了鸟多,各种以前没见过的花卉也不少,尽情拍吧,把一切美好的东西全部定格在数码相机里,来一次福克兰岛十分不易,同船一位外国友人告诉我们,他来了3次,前两次因天气原因都上不了岛,这次才如愿以偿,看来我们的运气还真不错呢。

　　中午时分,我们和叶先生夫妇沿山道走到坡顶,在一户人家的花园栅栏外的草地上,拿出带来的面包、酸奶、水果等食物,坐在开满小花的绿地上享受野餐。食物虽然简单,但在蓝天白云下,海风徐徐吹来,伴着青草野花的清香就餐,是一次十分惬意难忘的经历,恍如时光倒流,回到童年时学校的野餐活动。斯坦利的主要景点都在码头一带,沿海岸线除了教堂、鲸鱼博物馆、马岛战争纪念碑、学校、宾馆、邮局、商店等主要建筑也在这一带,海滨还有大片的草坪供

⑤

⑥

游人休息观景，海鸥、秃鹫等在空中盘旋、飞翔，还不时停下来走到吃东西的游客面前讨吃的。海边的野鸭子成双成对卿卿我我旁若无人，野鹅和矮脚马在草地上大快朵颐，老人们坐在椅子上享受温暖的阳光，情侣们干脆相拥躺在草地上，而孩子们则在追逐嬉戏，人与动物和谐相处，多么祥和温馨的画面。

而矗立在海边的马岛战争纪念碑，则时刻提醒人们，这里曾发生一场惨烈的战争，短短两个月时间，双方阵亡近千人。战争对人类和自然界都是一场浩劫，希望这里不再有战争，愿这里的人们和动物永远生活在和平美好的环境中，这就是我登陆福克兰的感想和愿望。

依依惜别的告别晚会

日期： 2010年1月30日
天气： 晴
图示： ① 告别晚会

昨晚变天，横风斜雨，10万吨的大船也不免摇晃，船舱里的抽屉被晃得打开又关上，砰砰作响扰人清梦。

今早风停雨消，又是阳光灿烂的一天。上午在"公主剧场"，由船上生活总监和主厨，两位意大利人，介绍船上伙食情况，并在台上亲自示范西餐烹饪的过程。全船吃饭的人口有3 800人，整个航程要吃掉近200吨的食物。这些食物是在全世界采购的，如肉类多来自法国和意大利，水果则多来自美国……对食物都有严格的卫生要求，所以，我们虽然天天吃生冷的东西，肚子却一直安然无恙。

随后我们到厨房实地参观，只见厨房整齐清洁，不锈钢厨具一尘不染，配餐流水线生产，管理严谨有序，难怪应付几千人的餐饮游刃有余。

午餐时再次碰到英国华侨张氏夫妇，他们盛情邀请我们一起去7楼吃西餐，并热情地为我们点餐，毕竟人是故乡亲，情是故乡浓啊。

晚上要穿正装去吃晚餐，有盛大的晚会活动，因为本次航程已进入倒计时，离别在即，大家通过活动庆祝本次航程的顺利成功，表达依依惜别之情。

"公主剧场"表演歌舞的主题是："星辰公主号"邮轮航行到全世界都是回家的路，表达了人们来自世界各地欢聚一堂，又将回到各自温暖的家之意。听说本次邮轮2 600名游客，来自全世界54个国家，其中有一位日本老太太，是第99次乘坐"公主号"邮轮，真不愧是"公主号"邮轮的铁杆粉丝。先前听一位加拿大老人说他35次乘邮轮旅游已觉得不简单，与老太太相比，真是小巫见大巫。张氏夫妇也是第6次乘邮轮旅游，还计划以后每年至少要乘一次呢。看来乘坐邮轮旅行这种方式深受大家的欢迎，尤其是老年人。

晚上11点，从5楼到7楼的甲板过道和楼梯之间，挤满了盛装的人们，小小的舞池人满为患，在乐队伴奏下，成双成对尽情起舞。11点15分，节目主持人带领大家喊倒计时：10、9、8……3、2、1，话音一落，悬挂在空中几百个五颜六色的气球纷纷从空中飘落，在人们的欢呼声中不断传来气球的爆破声，直到全部气球都被踩成碎片，欢乐的气氛达到高潮，大家热烈鼓掌又继续跳舞，看来今晚将成为许多人的不眠之夜。

从陌生到熟悉再到告别，时间很快就过去了，真希望时间能慢点、慢点、再慢点，让人生最重要、最难忘的这次旅行，能够陪伴我们更久一点。

邮轮生活将要结束了

日期： 2010年1月31日
天气： 阴雨
图示： ① 邮轮生活 ② 拍卖会

早起到15层甲板看日出，天空云层很厚，阴沉沉的，看来今天看不到日出了。不过最美丽的日出和日落都已经看过，此行已无遗憾。

今天是海上航行最后一个白天，明早上岸到乌拉圭首都蒙得维的亚观光，晚上开船返回布宜诺斯艾利斯，后天早晨离船登陆，本次南极、南美之旅将完美结束。

趁着在船上最后一个白天的时间，伴着凉风再去泡一次温水池，让那种全身舒舒服服地感觉长留体内；随着微微晃动的船体再打一次乒乓球，出一身汗换来筋骨的舒展；品一杯香茗清茶，与同行者促膝长谈，增进彼此的了解和友谊；吃一个香滑的冰激凌，看一次名画拍卖会，观赏一次摄影图片……总之，船上空间宽广、节目众多，与刚开始想象中的邮轮很闷很无聊大相径庭。原来邮轮真的很好玩、很舒服，尤其是船上周到细致入微的服务，使人如沐春风，真正有了船上即我家的感觉，每天支付10.5美金的小费是物有所值。"星辰公主号"邮轮多次荣获世界各种旅游服务大奖是实至名归。许多步履蹒跚的老年人、行动不便的人士等，都来到邮轮与大家一起周游世界享受人生，因为他们信任邮轮，放心把自己托付给邮轮的服务，而邮轮充满人性关怀的服务（有专门的轮椅舱，上下船时有为轮椅人士服务的专人等），使得他们与普通人一样享受整个美好的旅程。这样的服务，彰显了对生命的尊重与关爱，无论身体条件如何不同，生命的平等与尊严都是一样的。要做到这一点，与社会的发展进步和人们的文明素质是分不开的。

到达乌拉圭首都——蒙得维的亚

日期： 2010 年 2 月 1 日
天气： 晴
图示： ① 邮轮生活最后一次晚霞　② 蒙得维的亚的早晨　③ 市中心的独立广场
　　　　④ 乌拉圭国会大厦　⑤ 国家体育场

①

③

又是一个晴朗的艳阳天,因为船上有一个较为严重的病人,邮轮连夜加速赶往乌拉圭首都蒙得维的亚。清晨登上甲板,邮轮已经停靠在蒙得维的亚,只见码头三面是密集的建筑,一面是波澜不惊的大海,耀眼的阳光从高楼的缝隙照射出来,给整个城市披上一件金色的外衣。按牌号下船,登上早在码头等候的大巴,开始今天的蒙得维的亚观光之旅。

乌拉圭也是一个遥远的国家,蒙得维的亚也是一个陌生的城市,如果不是这次南极之旅,我想像布宜诺斯艾利斯、乌斯怀亚和斯坦利等地方,都是十分难得来一次的。

我们首先到了市中心的独立广场参观,只见高大的棕榈树苍翠挺拔,广场中央矗立着乌拉圭独立之父阿蒂加斯立马横刀的铜像,他的灵柩就安葬在铜像之下。

广场一侧的总统府,是一幢其貌不扬的3层楼房,1985年以前,历届总统都是在此办公的。接着到公园参观一个马拉车和牛拉车的铜雕像,反映的是20世纪初乌拉圭的主要交通工具和风土人情。建于1934年的牛拉大篷车雕像,1976年被政府颁布法令公布为全国重点文物,因此,此地成了去乌拉圭的必游之地。

国会大厦是一个国家的权力象征,一般来说也是观光的一扇窗口。乌拉圭的国会大厦,欧式古典建筑庄严典雅,从大门到大厅里面,一对一对的士兵肃穆地守卫着,一部1825年乌拉圭建国时的第一部宪法的文本,装在一个玻璃箱里,两位持枪的卫兵左右两边拱卫着。大厅里有不少介绍乌拉圭独立历史的油画,玻璃窗多是漂亮的彩色绘画玻璃。

乌拉圭是南美洲一个小国,历史上却两次夺得足球世界杯的桂冠,令人刮目相看。

我们参观了国家体育场和足球展览馆,里面陈列了许多关于足球运动的珍贵史料和各种实物。

今晚是我们在船上的最后一顿晚餐,席上大家共道不舍之情。我们因热爱旅游结缘而走到一起,短短20天,从不相识到成为朋友,共同度过难忘的旅程,这20天在我们的人生中弥足珍贵,值得我们永远回忆和怀念。

就餐时灯突然灭了,开始大家以为是停电了,正在纳闷,船上生活总监在广播中说,为了感谢大家,现在给每桌游客送一个大蛋糕。餐厅里顿时响起一阵掌声和欢呼声,大家把白色的餐巾摇动起来,场面蔚为壮观。

一群服务员在总监的带领下,每人手托一个大蛋糕鱼贯而出,笑容可掬地向大家致意,人们报以热烈的掌声。原来蛋糕只是搞气氛的道具,但表达的情意却是真实的。为了感谢十几天来为我们餐桌服务的罗马尼亚胖哥,王总代表大家给他赠送了两件小礼物,并一起合影留念。除此以外,我们还向打扫房间卫生的管家表达了谢意,并一起合影。凡是为我们服务的人,同样得到我们的

尊重和感谢。

最后一次走上甲板,在船上生活的16天里,朝迎旭日晚送落日已成为保留节目。今天的落日很快被云彩遮住半边而沉入大海,但晚霞特别绚丽多彩,船方还特别开放船头前甲板让大家观赏落日和晚霞,人们或拍照留下美丽的一刻,或静静欣赏细细品味,久久不愿离去,直到夜幕降临。大家舍不得这美丽的黄昏,更舍不得这美好的航程,大家依依惜别,互道珍重。我们从船头走到船尾,到各层甲板主要活动场所去转了一圈,与"星辰公主号"说声:再见!邮轮今晚将驶向布宜诺斯艾利斯,明天我们将在那里登陆上岸,返程回家。

离船结束16天的邮轮生活

日期： 2010年2月2日
天气： 多云
图示： ① 雷科莱塔贵族公墓 ② 庇隆夫人墓

告别的时刻终于来临，早餐后人们开始下船，奔赴世界各地温暖的家。我们乘坐的飞机是下午6点的，所以还有半天的活动时间。导游小延接到我们后，乘车前往布宜诺斯艾利斯著名的雷科莱塔贵族公墓参观。

雷科莱塔贵族公墓建于1822年，已有近200年的历史。里面埋葬的都是当地已故的达官贵人、名门望族或著名社会人士。墓地建筑富丽堂皇，多以一个家族为单位，造型五花八门，不少还有精美的雕塑。

而在众多的名人中最值得一提的是被誉为阿根廷玫瑰的庇隆夫人，她也下葬于此。出身卑微的庇隆夫人艾薇塔，从娱乐圈的交际花到总统夫人，她的故事是阿根廷的传奇。她为庇隆当上总统发挥了关键性的作用，她为阿根廷妇女争得投票权做出历史性的贡献，她为平民百姓的福利、教育等做了许多工作。她美丽动人，演讲口才极佳，深得广大贫苦大众的拥戴，然而她只活到了33岁就香消玉殒，几经周折才得以埋葬在贵族公墓里。她的墓地在一条毫不起眼的墓巷里，与众多豪华考究的墓园相比，显得平凡而朴实。然而在她逝世将近半个世纪里，几乎天天都有人来给她献花，墓前的花束总是新鲜的。这朵阿根廷玫瑰，在人们心目中永远不会凋谢。

今天中午终于吃了一顿久违的中餐，邮轮上美食虽多，但毕竟不是中餐，我们的中国胃首先想家了。酒足饭饱后，我们启程去机场搭乘飞机回国。本次南极之旅行程23天，所见所闻收获颇丰，感受良多。

美好的时光总是很快过去，南极之旅已完美结束。旅游天下，使我们增长知识、丰富阅历、愉悦身心、结交朋友，永远拥有一颗探求未知、追求美好的不老心态。朋友们，让我们在不久的将来再次相聚，再见！

第二次南极之旅

日期： 2014 年 3 月 5 日
天气： 阴天
图示： ① 美国夸克公司"海钻石号"邮轮
② 笔者与船上志愿者
③ 笔者在中国南极长城站

　　2010 年 1 月的第一次南极游，留下十分深刻的印象，这也是数十年人生历程的一个亮点，虽然那次也留下了不少的遗憾：因为 10 万吨的"星辰公主号"邮轮不能登岸，直升机登陆也受到天气因素的影响不能如愿，距离企鹅太远不能亲近等。尽管如此，已经十分满足，毕竟已经来过，世界几十亿人，能到南极的人凤毛麟角，我们已是命运的宠儿！

　　谁知道 4 年后的今天，去南极的机遇再次降临。同样是中信国旅组的团，从 2010 年的邮轮南极游大陆首团，已发展到今天的每年单独包船游，从 2 000 多位游客、10 万吨级的大型邮轮到 100 多位游客的

8 000多吨小邮轮，所开发的南极游已走上深度精品的阶段了。

这次南极半岛、南设得兰群岛和南乔治亚岛的三岛巡游路线，最吸引人的当然是数次机会的登岛，近距离亲近最纯最美的冰雪世界和极地野生动物，有机会造访中国南极长城站，还有机会登上号称有几十万只漂亮王企鹅的南乔治亚岛，当然还有就是同船共度南极游的美好时光，除了"海钻石号"70多位外国工作人员以外，其余100多位都是中国同胞，没有语言障碍，无论是听专家讲课还是相互间交流分享，都能更顺畅、更尽兴，所有这一切，都是对第一次南极游缺憾的补足。所以当王总邀请我再次赴南极时，几乎不用考虑就答应了。

遗憾的是先生不肯去了，他说去过一次就够了，点到即止，即使不用钱也不去了。既然他这么坚决，也只好随他；不过他也不反对我去，我想做的事，尤其是旅行，他都是支持我的。无论是旅行还是人生，路还是要靠自己走。

②

③

虽然先生没有同行，但这次南极之旅同行的有亲戚和几位老同学，并且在旅途中也会结识新朋友。

晚上9点在广州白云国际机场国际出发厅集中，这次中信国旅的包船游，100多人分别从北京、上海、广州、香港等地出发，到布宜诺斯艾利斯集中后再飞往乌斯怀亚，并分别聘用了5个专业导游。

深夜11点45分，阿联酋航空公司的航班准时起飞，在茫茫夜空中往迪拜方向飞去。

再次来到布宜诺斯艾利斯

日期： 2014年3月6日
天气： 雾
图示： ① ② ③ 在布宜诺斯艾利斯看演出

　　飞机经过10个小时的飞行，当地时间凌晨4点多到达迪拜，候机3小时后转飞布宜诺斯艾利斯，中间还要在里约热内卢休息2小时，从出家门到达布宜诺斯艾利斯，用时36小时，行程1万多千米，十分辛苦，所以，长途旅行不光是时间和金钱的问题，体力与心态也十分重要。

　　终于到达"南美巴黎"布宜诺斯艾利斯，因为4年前来过，多了一份久别重逢的亲切感。这次100多人的大团，出关办好各种手续颇费一些时间，一出机场全团人马上就分乘3部大巴车，立刻赶往探戈舞表演剧场，因为是早就安排好的行程，所以尽管晚点，还是立刻赶过去，12点结束的表演大概还能看上几十分钟。

　　探戈舞是阿根廷的国粹，而布宜诺斯艾利斯是探戈舞的发源地，这种混合了欧美非三大洲元素的舞蹈，原先发端于布宜诺斯艾利斯港口的博卡区，是漂泊于世界各地的水手们上岸后慰藉寂寞心灵与当地站街舞女共同创作的一种娱乐舞蹈，原先并不能登大雅之堂，被贵族们所不屑，后来发展成为世界舞坛主要舞种之一。这种广受欢迎的舞蹈很讲究节奏感和两人的默契配合，随着切分音为主的音乐节奏，动作抑扬顿挫一板一眼，技术含量颇高，看高水平的探戈舞表演，是一种享受。

　　4年前曾看到过的那对头发全白的老年舞伴，现在依然在舞台上行云流水般跳着，人老心不老的他们，依然在舞蹈中享受生活的怡然与快乐，探戈舞已化作他们生命的一部分。

　　到了宾馆已经半夜12点多，因为阿联酋的飞机座位比较舒适，所以在机上休息得比较好，一点睡意也没有，导游说宾馆提供两小时免费Wi-Fi上网，很多人放下行李就到大堂去上网，给亲友们报平安。

飞抵南美大陆的最南端——乌斯怀亚

日期： 2014 年 3 月 7 日
天气： 多云
图示： ① 在飞机上俯瞰乌斯怀亚 ②③ 乌斯怀亚市容

昨晚一夜无眠，写完日记就快 5 点了，稍微眯了会儿，5 点多就起床收拾行李，不到 6 点就去吃早餐，因为 7 点就要出发，吃过早餐还有时间，就在大堂上上网，现在生活似乎都离不开 Wi-Fi 了。

在机场办理登机手续很幸运，分到第 8 排 A 座的舷窗位，今天天气晴朗，有机会在飞机起降时抢拍一些镜头。

坐在舷窗旁边果然没有令我失望，近水楼台先得月的位置可以抢拍到不少风景，尤其是在降落乌斯怀亚之际，那些连绵的雪山和多姿的海湾，构成一幅壮美的大地之画。临行前导游就首先告知大家一个"坏消息"，气象预报乌斯怀亚有雨，接着告诉大家一个"好消息"，那里的天气预报经常不准。的确如此，乌斯怀亚今天天气只是多云有阳光并夹带着小雨。

世界大陆的尽头乌斯怀亚，是世界最南面的城市，这里与布宜诺斯艾利斯有 3 200 千米之遥，而与南极大陆仅相隔一道 970 千米的德雷克海峡，许多前往南极的船只，都是从这里扬帆启航。

这个小城依山傍海，被皑皑雪山和平静的海湾拥抱入怀，空气清新令人陶醉，从雾霾之地来到这里，犹如进入世外仙境。虽然 4 年前就来过，但现在依然感觉良好。

①

飞机降落在乌斯怀亚机场已是中午 12 点多，下榻的 A 宾馆就在市政府的斜对面，见到市政府那座尖顶的地标式房子，很有久别重逢的亲切感。到了宾馆放下行李先去用午餐，午餐就安排在主干道圣马丁大街上的一家华人餐厅，虽然是改良变质的所谓中餐，但有炒饭和白粥，感觉就 ok!

今天下午自由活动，因为还要等一拨人乘下午的飞机过来，午餐后沿着圣马丁大街散步回宾馆，大街两旁有许多童话色彩的特色房子，墙上还有彩色漫画，给人一种安宁而温馨的感觉。边走边拍走过了头，干脆就一直走到底再从海边玛依普大道折回。

玛依普大道是乌斯怀亚的主要交通要道，海湾上停泊了许多游艇，码头上有不少整装待发的邮轮，一路上见到许多地方栽种色彩艳丽的鲁冰花，4 年前在乌斯怀亚第一次见到这种漂亮的花，那时是盛夏时节，开得十分灿烂，现在是夏末，花朵有些已经枯萎了。

这个城市说大不大，就是依山傍海上下几条街，但是全部走下来也挺累的，每次旅行，受益的总是眼睛，而受累的总是双脚。

在以旅游为主业的乌斯怀亚，很多地方都有人性化的服务，为旅行者设想，如街上有几处设立了标牌，指明了从此地到所指明城市的距离。中国的代表是上海，距此 17 269 千米，街道的标识都有经纬度，很有旅行的感觉，更令人高兴的是有两处地方还准备了不同样式的乌斯怀亚旅游印戳，免费盖，临行时老哥给了我一叠明信片，正好派上用场，而没有准备的人，就在护照上盖，总之想办法留下了世界大陆尽头乌斯怀亚的记忆。

②

③

乌斯怀亚的历史回顾与原生态之旅

日期： 2014年3月8日
天气： 晴
图示： ① ② 乌斯怀亚国家公园
③ 登上"海钻石号"开启南极之旅

今天在乌斯怀亚还有半天活动的时间，旅行社组织大家去参观火地岛国家公园，这是一个来乌斯怀亚必去的景点，不但是一次历史回顾的穿越之旅，也是一次赏心悦目的原生态之旅。

火地岛国家公园是世界最南端的国家公园，这里是纵贯美洲大陆的安第斯山脉末端，现在的南极半岛原来也是安第斯山脉的一部分，后因地壳变动，与火地岛相连的部分沉入海底而成了德雷克海峡。火地岛国家公园保持了百年来的原始生态，终年积雪的山峦、郁郁葱葱的山毛榉森林、潺潺流动的溪流、平缓的绿野和碧水微澜的湖泊，组成一幅原生态的自然风光，三三两两的马匹，还有流溪旁的野禽，更给这块原野增添了生气。这里极其新鲜的空气，犹如给人的五脏六腑进行一次清洗和吸氧，对于来自久受雾霾困扰的都市人，更是难得的享受。

火地岛国家公园是从美国阿拉斯加为起点、贯穿整个美洲大陆、长达 17 848 千米的泛美公路的终点。乘坐小火车后又换乘大巴继续游走，虽然 4 年前已来过一次，依然觉得有意思。

乌斯怀亚因处于太平洋与大西洋冷暖流交汇之地而天气变化多端。果不其然，一大早阳光灿烂，进了山就阴天，过不久又蓝天白云，回到市里，竟然看到一条绚烂的彩虹当空悬挂，非常漂亮。小城乌斯怀亚，以最美丽的彩虹为我们留下最美好的印象。

下午 4 点准备登船，乌斯怀亚呈现最漂亮的天气为我们送别。天空澄净、海水碧蓝，令人赏心悦目、心旷神怡。

这次我们乘坐的邮轮，是总部设在加拿大的美国夸克公司 8 282 吨的"海钻石号"邮轮，听说这家公司实力雄厚，世界前往南极旅游的份额中独占四成。在 2012 年刚刚重新装修过的"海钻石号"邮轮早就在码头恭候多时，大家排队依次上船，交验了护照，领取了房号钥匙，正式开始 15 天的海上航行生活。

我和小连住的是船长甲板 610 房，房间比"星辰公主号"邮轮的大，达 19 平方米，有舷窗，但正好有一艘救生艇遮挡了大部分视线。里面设施齐备，很舒适。

上船后船方马上召开全体会议，旅客与船方人员见面，船方人员分为两大类，一类是驾驶、餐饮、清洁等服务人员，另一类是组织巡游、上岸和讲座的人员，美其名曰"探险队员"。而对我们的称呼则是"亲爱的南极伙伴们"。在这群探险队员里，其中有登陆的冲锋舟驾驶员，地质学、动物学等资深学者，专职摄影师，医生等 24 人，老中青都有，每个人自我介绍一番，有些人还会几句中文，讲得虽然蹩脚，但能有效拉近彼此的距离。他们分别来自美国、英国、加拿大、澳大利亚、新西兰等国家，其中来自澳大利亚的最多。探险队男女队长各一人，男队长是个胖胖的中年人乌迪，来自澳大利亚的女性探险队队长安妮，样子很干练，晚餐时和我同桌，刚过完 51 岁生日的她，自称从事南极探险工作已经有 11 年之久，真是巾帼不让须眉，令人肃然起敬。

接着是安全演习，大家穿上救生衣，学习如何使用，外国人挺认真，每个人要登记以防"漏网"。船方给每人配发了一件黄色带抓绒的冲锋衣，借用一双高筒水靴，装备齐全，向南极进发！

德雷克海峡的风浪给了我们一个"下马威"

日期：2014年3月9日
天气：多云
图示：① 风浪中过德雷克海峡

　　长300千米，宽970千米，以英国人德雷克名字命名的德雷克海峡，是世界上最宽同时也是最深的海峡，平均水深3 400米，最深处达4 750米。德雷克海峡处于太平洋与大西洋两大洋交汇处，加之南半球高纬度和强烈的西风带影响，多种因素综合作用，海峡中常常狂风大作，巨浪滔天，据说一年365天，海峡风力都在8级以上，因此，德雷克海峡被称为"暴风走廊"和"魔鬼海峡"。而去南极，德雷克海峡是不得不逾越的一关，别无选择！

　　今天肯定是南极之旅最艰苦的一天，昨晚10点左右，船只进入德雷克海峡以后，预料中的风浪如约而至，8 000多吨的"海

①

钻石号"邮轮，就像个蹒跚学步的小孩，摇摇晃晃，也像个喝醉酒的汉子，跌跌撞撞。躺在船舱里，明显感觉到船体的猛烈晃动，不堪折磨的舱内装修材料发出咯吱咯吱的痛苦呻吟，摆放在床头柜的水杯、眼镜、书本等全部滚到了地上。

天亮了，感觉还好，起床去3楼餐厅吃早餐，小连还有点得意，说自己不晕船，我可不敢说这话，但为了挑战自己看看能不能扛过令人色变的德雷克海峡风浪，我没有吃晕船药。7点30分到了餐厅，早餐还没有开始，我们又回到房间。刚回到房间，小连就呕吐得稀里哗啦，躺在床上再也不敢动弹。

我虽然没有她反应这么强烈，但头重脚轻的感觉还是有的，也只好以床为主，感觉好时就起来写写东西，感觉不妙就赶快躺下休息。

船方今天安排了几次讲座，据探险队长乌迪介绍，离开乌斯怀亚后，"海钻石号"已跑了500多千米，明天下午我们将在南极半岛第一次登陆。听到这个好消息，大家情不自禁地鼓起掌来。队长还说，现在在座的，都是很棒的！我对自己说，我是最棒的，因为我没有吃药扛过了这么长时间！其实只是为自己打气而已，没有吃药的一定不只我一个人。小连今天也说了几次，阿姨你真棒！

晚餐随便吃了点就回船舱了，西餐虽然花样不少，但合口味的很少，我的中国胃始终无法国际化，但出来旅行，为了保持体力，也要吃一些，只不过经常半饥不饱又不想多吃。

晚上风浪似乎更大了，刚才在餐厅船猛晃了一下，邻桌一位妇女就摔倒了，躺在地上半天起不来，几个探险队员和医生围着她小心照料，慢慢再把她扶到椅子上，好一会儿才缓过来。

回到房间风浪突然加大，一声巨响，我的床头柜被掀翻在地，抽屉里的东西全都滚了一地，幸好地面都铺了毯子，否则杯子都要摔碎了。折腾了几下，立马感到不舒服，在浴室抽水马桶把刚吃下的晚餐全都吐了。想想已扛过了一天，不必再硬扛，明天还要登岛，还是赶快吃一粒药稳定一下，以免因小失大。谁知一看，药是过了期的，也不知有效无效，自我安慰一下吧！向自己道声晚安，不管风吹浪打，照样好好入睡。

第一次登陆南极土地

日期： 2014 年 3 月 10 日
天气： 雨夹雪
图示： ① ② 艾秋岛
　　　③ 艾秋岛上的企鹅
　　　④ 第一次登陆

经过近 40 个小时的颠簸,直到邮轮靠近南设得兰群岛时,风浪才开始收敛其"淫威",熬过了这最难受的几十个小时,终于扛住了南极的"下马威",南极神秘的面纱即将为我们揭开。南纬 61 度就算进入了南极圈,盼望已久的第一次登岛的机会终于来临了!

早上 9 点 30 分在五楼会议室召开全体会议,讲解登岛必须注意的事项,最重要的是安全问题,上下船要安全,乘坐冲锋艇要安全,上下岛要安全,在岛上行走也要安全,总之安全第一。高导游介绍说,去年 11 月份有一个团去参观"长城站"时,一位仁兄不小心滑倒摔断了大腿骨,没有医疗条件,只好卧倒在"长城站",等数天后别人游完南极半岛再回来接他到乌斯怀亚动手术,这趟难得的南极游,不但看不到美景还如此遭罪,真是亏大了!

安全课讲完后每人领了高帮水靴,把准备上岛用的东西进行消毒。南极是地球最后一块净土,同时也是很脆弱的生态系统,任何外来的细菌和物种对南极都可能是致命的,上岛旅行必须遵守南极旅游的有关公约规定:除了脚印,什么都不能留下;除了影像,什么都不能带走!

我们相识的 8 个人加另外 2 人被编入第二小组,下午 2 点 30 分准时出发。

今天登陆的岛名为艾秋岛，属南设得兰群岛，位于格林威治岛与罗伯特岛中间，一般也是南极行的必经之地。"海钻石号"停留在离岛600米左右的海中，然后用橡皮冲锋舟接驳上岸，远远就看见岛上漫山遍野密密麻麻的企鹅群，天空还有信天翁等鸟儿飞过。

靠近岸边，更听到企鹅们的阵阵鸣叫声，它们有的在海边玩耍，一会儿跳到水里，一会儿又爬上岸，有的在地上东张西望走来走去，伸直翅膀摇摇摆摆的姿势憨态十足。

艾秋岛的企鹅主要有红嘴白眉的巴布亚企鹅和黑嘴脸颊上有一道黑线仿佛戴了一顶帽子的帽带企鹅，它们对人类的到访已司空见惯，不时还有些小家伙主动走近人，对着镜头好奇地东张西望，可爱至极。探险队员早就把不能行走的地方插上红旗，人们的活动范围只能限制在红旗之内，而企鹅则不受限制，因为它们是这里世代相袭的"土著"居民。企鹅们对插着的红旗也挺感兴趣，三三五五好奇地围着旗杆左看右看，有的还用嘴巴去摇动旗杆。在众多企鹅的海边，还出现两只棕色的威德尔海豹，无所谓地东张西望，不一会儿就跳到海里游走了。

今天天气不太好，下午一直在下小雪，而且越下越大，很快便融化为水，地上潮湿而泥泞，本来就十分沉重的水靴沾满了泥浆变得更加沉重。看过了企鹅又乘冲锋舟去海上巡游，几只海豹在海里浮浮沉沉，脑袋刚一露出水面立刻又潜入水中，逗得人心痒痒就是拍不着。雪越下越大，虽是防水的冲锋衣裤，但背包已湿透，许多人的"长枪大炮"都舍不得拿出来使用，只好打道回府。听说总共有八九次的机会登岛，但愿天气快点好起来，能让照片拍得更漂亮些！

在大雪中巡游，
在冰海中游泳

日期： 2014 年 3 月 11 日
天气： 大雪
图示： ① ⑦ 巡游冰海 ② 海豹
　　　　③ ④ 登陆丹佛岛 ⑤ 可泡茶的冰块
　　　　⑥ 企鹅 ⑧ 过利马水道

　　今天一早起床，就看见甲板上堆积了厚厚的雪，而且鹅毛大雪一直下个不停。既定的行程依然要完成，今天巡航 Errera 水道和登陆 Danco 岛。海里形态各异的浮冰十分漂亮，闪耀着蓝幽幽的光芒。如果是晴天，阳光穿透冰块折射的光影，就一定美如仙境。南极的浮冰每时每刻都是动态的，冰山崩落形成新的浮冰，旧浮冰也不断消融变成各种不同的形态，所以每次看到的浮冰都不尽相同，并且让人有更多想象的空间。

　　巡游中除了看冰山冰块，主要是去寻找海豹，运气不错，看到三处卧在浮冰上的海豹。这些家伙都是懒洋洋的，一副爱理不理的模样，心情好的时候抬起头望你一眼，心情不爽就给你个后背，甚至躲开不让你看见。

　　巡游后登上位于 Errera 水道最南边——Danco 岛，据介绍这里有 1 600 对金图企鹅。

　　鹅毛大雪下个没完，每个人身上堆积了许多雪花，上山的路雪没过小腿，一步深一步浅地行进，高处望去景致不错，由于"小莱卡"相机丢失了遮光罩，因此镜头上也落满雪花，照片不少都留下发白的斑点。有趣的是企鹅下山懒得走路，而是匍匐滑行，让

人想起高山滑雪运动。

午餐后轮船进入利马水道,利马水道是南极洲最漂亮的水道之一,长11千米、宽1.6千米,两边高山耸立,云遮雾罩,有点像长江三峡,很有气势。只是天气有点差不如人意,记得4年前乘坐"星辰公主号"邮轮经过利马水道时,是那次行程中天气最好的一天,蓝天下壮美的雪山冰川美得让人窒息。不过这次也有收获,就是看到了鲸鱼和海豹,鲸鱼是最难拍的,能抢拍到它的脊背和喷水已是很不容易了,拍到尾巴就更为难得了。海豹拍得比较理想,在一块浮冰上,海豹一家三口正在享受天伦之乐,因为在甲板上居高临下,所以拍得比较清晰,遗憾的是,被大雪折腾了半天的莱卡照相机不肯工作了,肯定是进水了,佳能7D相机没有带长镜头,只能拍到哪就算哪了,如果用"小

④

莱卡"相机拍，一定更清楚。

到南极如果没有长焦镜头，很多东西都无法拍到，空留遗憾，只好求助尹团友，他的两部机子都有长焦，尹团友把他那部奥林巴斯小微单借给我用。

下午还要巡游Yalour岛，临上冲锋舟之前再摆弄一下"小莱卡"相机，竟然又工作了，真有点喜出望外，应该是用风筒吹干后的结果，得心应手的工具很重要。

附近的海域，有大片浮冰，小的有拳头大，大的就像一座山，更令人叫绝的是有的海上冰山居然整座都是蓝色的，而海上浮冰有的竟然呈现黑色！这当然是光线折射的结果，许多浮冰表面还呈现蜂窝状，据说这是千年万年形成的老冰。

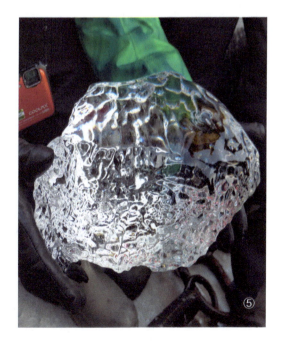

⑤

⑥

老赵从海里捞起一块浮冰，玲珑剔透，就像世界知名的施华洛世奇的水晶工艺品，老赵说要带回船上去煲水泡茶，尝尝南极冰茶的滋味。听说有一次一位做茶叶生意的老板甚至不惜工本，用特制的容器装了一大块南极冰托运回国作为镇店之宝呢！

更值得庆幸的是，天气开始转好，雪停了，而且还看见了一对海豹，旁若无人在"亲亲"，还有蓝眼鸬鹚、贼鸥等几种海鸟，不但看到了还拍到了。这些都是乘坐大邮轮无法企及的优势，所以再来一次南极，绝对是明智的选择！两次南极之旅，两次不同的体验，但同样是开心快乐的。

今天还有一件值得书写和纪念的事，我在南极跳水游泳了！这是船方组织的一次活动，自愿报名，从舷梯跳入冰海，体验一下南极游泳的滋味。这辈子不知游过多少泳了，也曾在除北冰洋以外的三大洋游过，同样是游泳，只是在不同的地点而有了不同的意义。

来南极的人不多，能在南极游泳的人就更少，其实也只需要一点勇气而已！评估自己有这个能力，所以报名参加了，全船100多人中，参加的有二三十人，很多人在船舷边上观看，我们一起来的7人中就有3人一起参加。船舱外温度是零度左右，海水可能更冷一些。

换上泳衣，披上一件睡袍，稍微活动下身体，轮到我了就出了四楼舷梯，由工作人员系好安全带，做了一个深呼吸，义无反顾地跳入了冰冷的南极海中。自我感觉跳水动作还是挺标准的，与南极海水亲密接触，皮肤掠过一阵寒冷的感觉，嘴巴有一点海水的咸味，舒展一下身体游了一小圈就上岸，重在参与、贵在体验而已！认识不认识的、外国人还是中国人，都赞好，自己感觉好才是真的好！所以很多时候，年龄性别等都不是问题，关键要知道自己想做什么、能做什么，就全力以赴去做好，让自己的人生无怨无悔！

⑦

①

在天堂湾看南极天堂美景

日期： 2014 年 3 月 12 日
天气： 多云
图示： ① 天堂湾美景 ② 穿梭登陆
③ 庆祝登陆 ④⑥ 巡游海上冰山
⑤ 近距离观看海豹

今天我们首先登上了天堂岛，这里有一个已废弃的阿根廷科考站。因为处在美丽的天堂湾，夏季时人满为患。直到 1984 年，驻守工作站的医生因不能忍受即将到来的漫长冬季，一把火把工作站给烧了，从此这里被废弃，但是，这里还保留了几栋红色的房子。平静的海湾倒映着雪山，天水一色，宁

②

静和谐，企鹅在岸边雪地里静静眺望着，不时有鸟儿掠过天空，一幅非常漂亮的冰山雪景画卷。

下山后又去附近海域巡游，一块块浮冰晶莹剔透，海面清澈如镜，此景只应天上有，人间难得几回见。

途中发现水面漂浮着一个废旧油桶，两条冲锋舟的人齐心协力把它打捞起来运走，以免污染纯净的环境。我们虽然是来旅行的，也应该身体力行为保护南极做出一点贡献。

运气不错的我们，在巡游过程又两次看见浮冰上的海豹。小连没有和我一条船，她说一次都没看见。

今天的午餐是烤肉大餐，菜式多样，酱烧大排骨和炸鸡翅膀最好吃，也是上船后吃得最满意的一次，不过户外温度很低，好吃而冻人。中间还穿插搞个创意帽子比赛，看看谁的帽子够古怪，这样的活动，基本上就是年轻人的专利了。

吃完饭在船舷边看看风景，看到智利一个规模颇大的科考站，四周密密麻麻全是企鹅！两边浮冰上分别看见了海豹，还有鲸鱼的背影和冒出的气泡，成群在海面跳跃的小企鹅……不过风太大，天气实在太冷，不一会儿裸露的手和耳朵都冻得又红又痛，只好赶快回船舱去。

下午到了库佛维尔岛，这个岛因南极洲半岛最大的巴布亚企鹅领地而著称。我们组首先在附近海域巡航，照样是看雪山冰块、野生动物，但总有不同的收获，尤其是那些千姿百态的浮冰，不同的角度都有不同的形状，蓝莹莹的十分养目。有些浮冰中间还有巨大的洞孔，两条冲锋舟的人，你在洞的那边看我，我在洞的这边看你，我成了你的风景，你也成了我的风景，十分有意思。还有就是围观海豹，发现海豹很多时候都是在呼呼大睡，偶尔睁开眼抬起头看看我们这群不速之客，最精彩的就算张开大口打呵欠，抓到机会拍到它那满口的利牙！还有在水下和我们玩躲猫猫的海豹，一会儿东，一会儿西，一会儿露个头，一会儿又潜下水，引得人童心大发，不停叫唤，真好玩。

在南极旅游与一般的旅游最大的区别就是地广人稀，置身至纯至美的大自然，乘坐

③

⑤

着冲锋舟在一望无际的冰海上飞驰,那个"爽"字难以形容,再就是未知而带来的好奇和憧憬及身心愉悦的满足,因为你不知道下一分钟你将会看到什么!

库佛维尔岛是名副其实的企鹅岛,远远望去黑芝麻似的巴布亚企鹅把白色的雪山点缀得斑斑点点,走近更是闻到一股鹅粪的味道。

登上岛看见漫山遍野的企鹅都有些审美疲劳,不知怎样拍摄才好了!除了泛泛而拍,还是抓拍一些特写吧。我很希望能拍到一些可爱的小企鹅,但是现在已经过了企鹅的育雏阶段,小企鹅大多长成中企鹅,个头与成年企鹅差不多大,只是身上的绒毛还没全部换成长羽毛,还有部分绒毛才能分出大小。虽然企鹅不小了,但还要企鹅爸妈喂食,鹅爸鹅妈在水里捕食到小虾就上岸来嘴对嘴给小企鹅喂食,那些好吃懒做又总是吃不够的企鹅,不但理所当然享用企鹅爸妈辛苦获得的美食,有的还嫌不够吃而撵得它妈满山跑。

晚上船方进行日程回顾和预告,明天我们将要登上乔治王岛的中国南极长城站,这是个令人兴奋的消息,希望明天有更多的收获!

访问中国南极长城站

日期： 2014 年 3 月 13 日
天气： 少云
图示： ①④ 中国南极长城站 ② 笔者在"长城站"
③ 拜访中国南极长城站 ⑤ 巡游冰海

①

在即将结束南极游的最后一天，天气终于晴了，而这天的上午，正是我们登陆乔治王岛中国南极科考长城站的时候。

遵循惯例，每次活动都是船上一半人先登陆，另一半人巡游，一个小时后再轮换。这次轮到我们组先巡游，冲锋舟在乔治王岛附近海上飞驰，但与前几天南极半岛巡游时所看见的景色相比，相差得比较远。这里属于南设得兰群岛，离南极半岛有 150 千米之遥，气候暖多了，山上的积雪尚未能把黑色的岩石盖满，而海上更是鲜见大块的浮冰，企鹅也少多了。

乔治王岛是南极的前哨地和补给地，在这里设科考站的国家也很多，在"长城站"

②

不远处就有"智利站",这次与"智利站"特别有缘,也是看到的第三个"智利站"!附近还有俄罗斯、巴西、韩国等几个国家的科考站,还看见海上有两艘大型的货轮。

乘坐"海钻石号"第9天,终于迎来一个蓝天白云阳光明媚的日子,可能老天体恤我们今天要来探望祖国在南极建立的第一个科考站的缘故吧!

"长城站"建于1985年2月,中国人说到南极,肯定就能想起"长城站",这是中国加入《南极条约》跻身南极科考的象征,虽然它只设立在刚进入南极圈的地方,而随着国力和科研力的发展,我国已在南极设立了4个科考站,除"长城站"外,还有"中山站"、"昆仑站"和"泰山站",而且越来越接近南极的中心。

登陆"长城站",第一抓住眼球的,当然是蓝天下高高飘扬的五星红旗和体现中国人精神的"爱国、求实、创新、拼搏"8个大字标牌,红旗下四周散落着红、蓝各色的钢结构建筑。

在南极科考站,建筑多以方型集装箱吊脚楼样式为主,为的是让风雪快速通过,坚固是第一位的,以抵抗严寒冰冻。除了房屋,这里还有汽车、拖车和冲锋舟、气罐等设施。在路边有一个指标牌,标明"长城站"到祖国各地的距离,其中,距离我们广州是15 626千米。大家纷纷在指示牌下合影留念。正好碰到两个身穿红色工作服的科考站工作人员,就与他们聊起来。一位是从事气象研究的科研人员,要在这里工作一年。另一位是来完成苏州政府赠予"长城站"一个和平大钟的安装工作的,昨天刚搞好,今天我们就来了。据介绍,前两天这里天气很恶劣,根本无法登陆,我们今天来得正是时候。

③

除了长城和钟外,旁边还有一块镌刻着"长城站"字样的黛青色巨石,是1985年2月20日中国首次南极洲考察所立的纪念石,两边还有两只石狮子拱卫着,十足的中国元素。那些远离祖国和亲人,长年累月在此辛勤工作的科研人员,见到这些,犹如身在祖国一样,可以排解一些思乡之情吧!

每个人到了"长城站",都希望能带回去一些纪念品,这里有个出售纪念品的小商店,几平方米的地方人满为患,人们选购各种纪念品,大多是明信片、纪念信封、纪念证书等物品,然后自己动手盖上纪念戳,因为没有邮路,所以不能实寄,有些遗憾,今天花了150美金购买一些信封和明信片回去分发给亲友们,也是难忘的南极之旅与大家的分享吧!船方考虑得很周到,把大家的护照集中送到"长城站"盖上纪念印戳。

至此,三岛中的南极半岛与南设得兰群岛的行程已结束,"海钻石号"向东北方向奔向南乔治亚岛。在海上航行有两天半的时间,在这期间船方组织了讲座等多种形式的活动,今天下午就组织了冰川、《南极条约》等讲座,把行程变成一次学习之旅。《南极条约》的要点就是南极不属于任何国家而属于全人类,它只能用于科学考察与和平利用。

④

⑤

开展摄影讲座和交流

日期： 2014年3月14日
天气： 阴雨
图示： ① ② 邮轮上的生活

今明两天都将在茫茫南大西洋上航行，船上组织了不少的讲座活动，有兴趣的可以参加，没兴趣的可以看书写东西、喝茶聊天等。因为船小，活动范围、项目远不如"星辰公主号"邮轮，餐饮水平也比"星辰公主号"邮轮差得多，但它最大的优势在于行程可深入到峡湾内并登陆，"星辰公主号"邮轮在这方面处于劣势。

上午国际摄影家联盟谢主席为大家介绍他去年和今年来南极拍摄的照片。原来这个国际摄影家联盟是由美国、加拿大、中国、澳大利亚、新西兰、马来西亚六国摄影家组成的。谢主席毕业于清华大学计算机专业，在新华社工作多年，所以对摄影是驾轻就熟。在他这次拍摄展示的照片中，竟然发现有一张他命名为"风雪中的摄影人"的照片，我在其中成为主角，这张照片是大雪中登陆库佛维尔岛那天拍的，虽然大家穿的都是黄色冲锋衣，包裹得严严实实，但是因为我戴的是蓝色手套，所以我一下子就把自己认出来了！

下午由吴女士分享她的摄影心得。她原是广州某医院的内科大夫，玩摄影已经十几年，她也是第二次来南极了，风光片拍得大气而细腻。现在各行各业中女性都在崛起，性别不再是成功的障碍。

摄影是一门以光影为主的艺术，独特的视角才能有独特的构图，但实际上也与运气有很大关系。很多东西是理论的，可以从书本学习，但更多的经验水平，必须经过不断地实践学习来丰富提高。

邮轮坐得多了，不登陆的时候就会觉得乏味，主要是"海钻石号"比"星辰公主号"邮轮吨位少多了，各种设施也简单多了，可玩的东西就少了，但是唯一相同的，就是每天迎日出送日落乐此不疲。

奔向王企鹅的世袭领地——南乔治亚岛

日期：2014年3月15日
天气：阴
图示：①②南乔治亚岛

①

②

今天"海钻石号"继续往东北方向的南乔治亚岛驶去，明天早晨就能到达南乔治亚岛。

南乔治亚岛是个火山岛，有许多高山和冰川，面积3 756平方千米，气候寒冷，海洋生物丰富，企鹅、海豹、禽鸟众多，还有驯鹿在这里生活。不过驯鹿是挪威人从北欧带过来的，现在受到严格限制，因为驯鹿吃草为生，不加控制，就会对植被造成严重的破坏而影响整个生态平衡。

在企鹅家族中，最漂亮的是帝企鹅与王企鹅，它们样子差不多，王企鹅甚至更漂亮些。帝企鹅的身高达1.2米，而王企鹅略矮，也有80~90厘米高。帝企鹅生活在南极大陆高纬度地区，普通的旅行者难得一见，能见到王企鹅也不错。企鹅家族中最漂亮的王企鹅，在南乔治亚岛就有35万对之多！而毛皮海豹也有数千头之多，这里被称为"南极野生动物天堂"和"南大西洋上的塞伦盖蒂草原"，所以十分令人期待和向往。

今天船方组织了两场摄影交流会，看看别人的作品，听听别人的心得，有利于自己摄影水平的提高。

风浪中登岛与王企鹅亲近

日期： 2014年3月16日
天气： 阴转多云
图示： ① 登陆南乔治亚岛
　　　　② ⑥ 象海豹
　　　　③ ④ ⑤ 王企鹅

②

离开南设得兰群岛，经过两天的时间、1 300多千米的海上长途跋涉，"海钻石号"邮轮终于来到了南极三岛巡游的最后一个目的地、35万对王企鹅的家园——南乔治亚岛。

今天是令人兴奋的一天，虽然天气依然阴沉沉，本来第一个登陆点皇家湾，因风浪太大而无法实现，船只继续前行，到了南乔治亚岛东南方向的黄金港，这里在Vahsel海岬以北20千米，属内湾，风浪比皇家湾小一些，海湾前面有峻峭的高山，山上覆盖着白雪，靠近海湾处的坡地上绿油油一片，有植物生长，说明气候要温暖多了，山上还有一条Stunning Bertrab冰川，厚厚的冰瀑直挂到山下近海湾处。更令人兴奋的是，这里有2.5万对漂亮的王企鹅，300对金图企鹅，还有象海豹、毛皮海豹和海鸟。

我们组被安排首先巡游，船上另一半人先登岛。风浪很大，橡皮冲锋舟上下颠簸，摇晃得人坐立不安，拍照十分困难，看到海上和岸边无数只企鹅和海豹，要拍清楚很不容易，只能跪下来趴在船舷，用尽办法去拍照。回到船上，首先看看照片，很多都是虚的，只好寄希望于下午的登岛。

午餐后稍事休息准备登岛,风浪依然肆虐,但天气稍微好转,偶尔有阳光。船停泊在离海岸几百米的地方,但用"小莱卡"相机稳定地拍照比在冲锋舟颠簸摇晃中拍摄效果还要好,所以在甲板上赶快补拍了一些。

登上黄金港令人为之一振,十来只巨型的象海豹躺在沙滩上挤成团,不灰不黄的皮肤看上去脏兮兮的很不雅观。长着大象鼻子的象海豹,是海豹家族里个头最大的,听说公象海豹最重可达5吨,这个庞然大物不知吃多少东西才够填饱它那海量的肚子。听说象海豹实行一夫多妻制,一只公海豹妻妾成群,它们睡觉也要挤在一团,偶尔睡眼惺忪抬起头看看又倒头酣睡。小海豹挺可爱的,除了个别酣然大睡外,很多都是活泼好动的,三三两两你争我斗打闹个不停,还有的冲着人做出挑战的样子,只要你大喝一声,它就跑开了,滑稽的样子令人忍俊不禁。

蔚为壮观的王企鹅,沿着海湾边聚集着,密密麻麻望不到头,空气中弥漫着一股鹅粪的臭味。企鹅们大多数站在那里不动,有时伸长脖子鸣叫,有时与旁边的企鹅斗斗嘴,很多企鹅身边或肚皮下都有一只毛茸茸的幼鹅,与其他品种的企鹅一出生就与父母样子大致相同不一样,王企鹅孩子的样子与父母差别很大。大多数幼鹅个头都很大,挺

过严寒的冬天应该没问题,只是有一些刚孵出来不久的雏鹅,个头很小,连绒毛都没长好,恐怕熬不过冬天就要夭折了。据鸟类专家介绍,入冬前幼鹅长不到12公斤,生存的机会渺茫。看见那小小的脑袋从鹅妈肚皮下伸出来张嘴讨食,真是我见犹怜。

也有不少三五成群的企鹅,它们或跳到海里游泳,或到处闲逛。王企鹅不但长得漂亮,样子也很优雅,走起路来不慌不忙,很有绅士范儿。

除了王企鹅,这里还有一些金图企鹅,个头比王企鹅小多了,它们也有自己的地盘,就在小溪旁的草丛边。

这里的海豹与企鹅和平共处,互不干涉,各过各的日子,但有时也有小磕绊,不过很快就能化解。

南乔治亚岛之所以成为野生动物的乐园,主要是因为生物链中最低等的南极磷虾,在这个相对温暖的环境中大量繁殖,为企鹅提供了充足的食源。

本来计划还要巡游库珀湾,因风浪太大而取消了,令人十分遗憾。

在古利德维肯缅怀南极探险先驱

日期： 2014 年 3 月 17 日
天气： 晴
图示： ① 登陆古利德维肯　② 南乔治亚岛首府古利德维肯
　　　　 ③ 沙克尔顿纪念邮票及他在南乔治亚岛的墓地　④ 南乔治亚岛

到南乔治亚岛的第二天，终于天晴了。早晨 5 点多，天边露出一抹金黄色的朝晖，天色晴朗，一轮冷月在云朵中穿行，东边海平面的云层，透射出金色的霞光，把云层渲染成一道道金边，云朵被映照成绯红色，飘挂在雪山上空十分好看。雪原冰川被阳光镀上一层金黄色，光影十分漂亮。波涛拍岸的海边，有密集的企鹅群，这里是著名的圣安德鲁海湾——麦可罗尼企鹅的领地，除了企鹅还有很多海豹，本来是当天第一个巡游和登陆点，冲锋舟被放下海不久又被吊起来，然后船上广播通知，因风浪太大冲锋舟行驶有风险，取消了登陆和巡游，直接驶往南乔治亚岛的首府古利德维肯。这么晴朗宜人的天气却不能登陆，实在太令人郁闷和遗憾了！

上午 9 点多，船行至古利德维肯，这个小镇 100 多年前是挪威人一个颇具规模的捕鲸站，全盛时期有 500 名男性工人在这里工作，现在作为南乔治亚岛的首府之地。由于处于内湾，这里风平浪静，丽日蓝天下的小镇一览无遗，有几栋房子和一排巨大的油罐，岸边有一艘废弃的捕鲸铁船，其中一座白色尖顶的小教堂特别引人注目，对于有宗教信仰的人，教堂就是心灵的皈依寄托之处，尤其是身处恶劣的自然环境，更要求助上帝的庇护和抚慰。

"海钻石号"邮轮停泊在海湾离岸边400米左右的地方,冲锋舟接驳上岸,甫踏上岸,就发现海湾边上和绿草丛生的坡地上,到处是皮毛海豹,有数百只之多,除了大多是棕灰色皮毛的,还有米黄色皮毛的。

这种皮毛海豹,性情活泼好动,大多三五成堆,喜欢你追我逐、打打斗斗。只有两三只大海豹躺在地上动也不动。

与前一天黄金港不同的是,除了发现一只迷路落单的王企鹅外,没有发现大群企鹅的踪影,这只孤单单的王企鹅,正在换毛期,就像一个身穿破旧衣服邋遢的流浪汉,因为没有其他企鹅,它就成了"明星",大家众星捧月般围着它拍照。

山坡上有一处白色的墓园,有20多孔墓穴,这些都是百年来为南极探险付出生命代价的先驱们,有的年仅20岁。其中有一块高达2米的石碑上镌刻有字,墓主人出生于1874年,逝世于1922年,他就是著名探险家欧内斯特·沙克尔顿。

爱尔兰人欧内斯特·沙克尔顿是众多南极探险冒险家最重要和最富有传奇色彩的一位。1908年,他和他率领的探险队创造了征服南纬88.38度的记录,离90度的南极点只有一步之遥。1909年1月16日,他带领的探险队发现了南磁极。1916年4月,

②

在探险队被困南极的象岛之际,他率领 5 名队员驾驶一艘救生艇前往距离 1 290 千米之遥的南乔治亚岛求援,惊涛骇浪中航行 17 天后在岛西登陆,又用了 36 个小时翻越了一般登山队用 5 天时间才能翻过的高山,到了岛东捕鲸站(如今的古利德维肯小镇)搬来救兵,创造了把被困的探险队员全部营救成功无一死亡的奇迹,被誉为历史上最伟大的救援。

从墓碑看,沙克尔顿只活到了 48 岁,他死于一次探险时心脏病发作,但他建立的功绩将永载南极探险的史册。听说他逝世后灵柩在运回爱尔兰途中,探险队接到其妻子

③

④

的书信，认为丈夫还是安息在他为之献出生命的地方更好，于是运送灵柩的船只调头，把沙克尔顿的遗体又送回南乔治亚岛古利德维肯安葬，让他永远在南大西洋的风声和涛声中，与他挚爱并献出生命的地方长伴。

除了沙克尔顿，挪威人罗尔德·阿蒙森和英国人罗伯特·福尔肯·斯科特也是南极探险值得大写特写的英雄人物。阿蒙森于1911年12月14日首次登陆南纬90度的南极点获得成功，成为人类成功到达南极点的第一人。而斯科特晚阿蒙森一个月后的1912年1月17日，也到达了南极点，悲怆的是在这次到达南极点的比赛中，饥寒交迫的他，命丧在回程途中的暴风雪中。但是很多时候并不能简单以胜败论英雄，历史和人类将永远镌刻阿蒙森和斯科特的丰功伟绩。美国在南极点建立的科考站，就以阿蒙森·斯科特命名，以永远纪念他们在南极探险中做出的永不磨灭的历史性贡献！

一位英国探险家曾经中肯地评价这三位南极探险的传奇人物："若想要科学探险的领导，请斯科特来；若想组织一次快速而有效率的探险，请阿蒙森来；若是你处在毫无希望的情境下，似乎没有任何解决的办法，那就跪下来祈求沙克尔顿吧！"

现代人类探索南极也有值得书写的辉煌篇章，1989年7月28日，来自苏联、法国、美国、英国、日本和中国的6名科学家，从南极半岛的拉尔森冰架北端的海豹冰原岛开始，徒步穿越南极大陆。经过200天5 986千米的艰苦跋涉，1990年3月3日到达苏联和平站终点，终于获得成功。值得中华民族骄傲的是，中国科考人员秦大河也是最终的胜利者。人类对南极的探索才刚开始不久，神秘的南极大陆还蕴藏着无数的秘密。了解南极、和平利用南极造福人类，还有很长的路要走。

古利德维肯小镇上还有博物馆和邮局，博物馆展出了当地的一些历史图片、实物和有关生物的标本。邮局有琳琅满目的各种邮品出售，我们在南极没有寄出的信封和明信片，由船方集中收集后送到这里再寄出。这里的邮封和明信片制作得很精美，令人爱不释手，很多人购买了邮封和明信片，盖上纪念印戳后就从这里寄回国，但能否收到，什么时候能收到，就不得而知了。（补记：邮件经过两个多月的长途跋涉，终于投递到了家里的邮箱！）

参观游览完毕后返回"海钻石号"邮轮，南极三岛巡游和登陆的全部行程已结束。虽然远不够满足，但也只能接受上天的安排。我看到一些博友的南极游记，因天气不作美，南极大陆的登陆只有匆匆忙忙的15分钟，相对而言，我们已经算很不错了，应该知足偷着乐了！

离开南乔治亚岛，"海钻石号"邮轮沿南乔治亚岛东岸向北，目标指向2 800多千米外的终点站，向布宜诺斯艾利斯前进。

遭遇魔鬼西风带的风暴

日期： 2014 年 3 月 18 日
天气： 阴
图示： ① 狂风巨浪

南极三岛的巡游活动已全部结束，由于天气不配合，我只给了 75 分。原计划八九次的登岛活动只完成了 7 次，统计下来，安排活动的时间全部加起来是六天半，包括布宜诺斯艾利斯一天，乌斯怀亚一天，南极三天，南乔治亚岛一天半，而在海上航行的时间长达九天，其他是飞机航行四天半，真是旅途漫长而艰辛。（补记：因不可抗力的因素取消了布宜诺斯艾利斯的观光，行程再次缩水，实际上活动的时间只有五天半！）

昨晚进入南大西洋后，船又开始不停地摇晃，一点不亚于过德雷克海峡。幸好这次没有晕船的感觉了，只是走路深一步浅一步，跟跟跄跄的，当然是人人如此，无人幸免。中信国旅在卖产品的宣传语中信誓旦旦地说"回程经过风平浪静的南大西洋，免受晕船之苦"云云，实际上并非如此。10 万吨的"星辰公主号"邮轮尚可，8 000 吨的小邮轮，颠簸晕浪怎能免！

今早有人出舱就因风浪摔倒，广播急求按摩师。上午在会议室听海豹讲座时，就有人连沙发椅一起滚到地下，负责中文翻译的萧小姐也两次被甩到地上，来听讲座的人寥寥无几，听课过程还有人当场呕吐，许多人正在晕船的折磨中苦苦挣扎。

听说我们碰上了一个暴风，昨晚正处于风暴中心，今天风力平均 8~9 级，有时达到 12 级，走路像醉酒一样。现在正值南半球入秋时节，秋风秋雨愁煞人，这几天面朝大海并非春暖花开，而是狂风巨浪，所以任何获得都必须有所付出，有时甚至是加倍艰辛的付出，但只要是值得的，也就无怨无悔，而这一切都将成为人生宝贵阅历的一部分。

继续在风暴中艰难前进

日期： 2014 年 3 月 19 日
天气： 阴
图示： ① 遭遇第二次狂风巨浪

"海钻石号"在南大西洋已经行驶了一天半，风浪未见减弱反而在不断加强。昨晚比过德雷克海峡更甚，肆虐的风浪把舱室搅得天翻地覆、乱七八糟，床头柜一次又一次被掀翻，甚至整块木板脱落，里面的东西滚了一地，椅子飞出去几米远，一片狼藉。听说有一人摔倒不慎碰上硬物，弄得头破血流。后来还听说有一个住舱水管不堪压力而爆裂，水漫住房。半夜船方来各舱房巡视，人员平安就好，东西摔坏了就算是破财挡灾吧！临行前刚从南极回来的博友提醒我，一定要注意预防晕船，庆幸的是除了去南极过德雷克海峡那晚有过轻微反应，这次已完全适应过关了！

往日早餐 8 点就开始，今天 8 点餐厅还大门紧闭，听说昨晚餐厅被风暴横扫得一片狼藉，打扫完毕后还要把餐具全部绑紧固定。今早听广播说，船正行驶在暴风中心，最快也要下午才能驶出暴风带，目前风速每小时 80~100 千米，今早凌晨的最高风速达 130 千米／小时，也就是船舱里翻天覆地、鸡飞狗走的时刻，经历这次惊心动魄的海上暴风，也算是南极之行一段难忘的插曲了！

上午有一个南极历史的讲座，讲述南极被发现的过程。下午讲座就讲南极的基本情况，只要记住几点就算抓住了重点：南极大陆是地球上最寒冷的大陆，曾经记录到零下 89.2 度的极端低温，就是 1962 年在南极苏联东方站观测到的；南极是世界上风力最大的大陆，最高风速可达 100 米／秒；南极是世界最高的大陆，平均海拔高度达 2 350

米;南极是世界最干燥的大陆,在南极点附近,年降水量近于零,比非洲的撒哈拉大沙漠的降水还要少,是一片干燥的"白色沙漠";南极拥有世界冰雪总量的95%。

从1966年美国纽约一家旅行社开办人类南极旅行业务以来,40多年来世界上已有数十万人来过南极旅行,其中,美国人总数最多,占了三分之一。中国大陆开展这项活动始于2010年1月我们参加"星辰公主号"邮轮南极巡游,这几年下来合计应该有数千人而已,当然有人跑到国外参加别国组织的南极游另当别论。即使如此,与中国14亿人口相比,来过南极的人所占比例不过百万分之一而已,况且不少人是第二次甚至第三次来南极。这次我们这个包船团,第二次来南极的就有好几人,甚至还有第三次来的。

现在越来越多的人对南极游跃跃欲试,这也是国力强盛、人民生活富足、精神有更多追求的具体体现。看来南极游将是国际旅游的新亮点,将会更多更快走向平民百姓。但它又不同于一般旅游,也会受到许多因素制约,最主要是环境保护的制约。庞大的"星辰公主号"邮轮在2012年就不能再来南极了。

下午还有一位来自杭州的年逾六旬的杨女士,讲述她游历南北极各三次的经历。毕业于浙江大学并曾在香港中旅工作6年的她,10多年来已经前后六次奔赴南北极,并于去年到达了北极点。具有极地情结的她,说希望自己有生之年可以到达南极点,这是一个人生有梦并努力去圆梦的范例。据她介绍,去年与她同船一起去北极点的,还有年满80岁的美国老太太和老教授等耄耋老人。追梦圆梦并非年轻人的专利,每个人都可以努力追求自己的理想,实现自己的愿望,哪怕已经80岁。

遭遇风暴　偏离航向

日期： 2014年3月20日
天气： 晴
图示： ① 邮轮慈善拍卖会

　　昨晚从半夜开始风浪趋于平静，今天一早天色晴朗，阳光从乌云中倾泻出来，十足的"耶稣光"，而天空中的云朵形状和色彩都十分漂亮，一个令人神清气爽的早晨。

　　可惜好心情仅仅维持了几个小时，早上10点船方召集全体人员开会，说明为了尽量避开上一个风暴，偏离原航线，多走了路，估计要晚12个小时到达布宜诺斯艾利斯，更意想不到的是，今天下午又将遭遇另一个风暴，可能要更改到别的地方登陆再用大巴车接驳到布宜诺斯艾利斯。原定在布宜诺斯艾利斯还有一个白天的参观活动取消了。现在的问题是，连当晚返程的飞机都不知能否赶上。旅行中遭遇不可抗力、不可预料的情况经常发生，只能以不变应万变，既来之则安之，但愿平安就好。

　　下午有一场慈善拍卖会，船方拿出10件东西进行竞价拍卖，拍卖所得款项捐赠给企鹅和信天翁的有关机构进行研究和保护这两种动物。拍卖的物品有DVD、照片、围巾、图画、旗帜等物品。比较特别的是一壶南极冰水、一面签满"长城站"科学家名字的"长城站"旗帜，还有一幅本次行程航海图的画作。

　　这场慈善拍卖会开得很热闹、很成功，经数回合的出价，各种物品都被顺利拍出，少则150美金，多则数千美金，筹措到一万多美金的慈善费用。小连以238美金拍到一幅"双鸟"摄影作品；一个来自新疆的"土豪"最豪，一个人囊括了3件拍品。

收到两张船长亲笔签名的证书

日期： 2014年3月21日
天气： 阴
图示： ① 难忘的纪念 ② 船长颁发的证书

今天是南大西洋航行的最后一天，大家都回家心切无心"恋战"了，在做回家的各种准备。经过15天的海上航行，特别是回程两个风暴的考验，许多人身心俱疲，况且后面还有30多个小时漫长艰苦回程的飞行时间，大家也就归心似箭了！

今天探险队主持召开最后一次会议，也是15天的全程回顾。从乌斯怀亚上船的第一张照片竟然是我满脸笑容走上舷梯，一不留神又当了回主角。上次冰海跳水游泳的那天回顾，也曾出现过我跳水的照片，那位来自加拿大的摄影师，总是神出鬼没，也不知他在哪个角落里拍的照片。

离船前最后一项活动是船长告别会。本来是安排在甲板进行的，带点浪漫的色彩，无奈一直风高浪急、波涛汹涌，连走路都不稳，只好改在五楼会议室举行。上船后一直没有露过脸的船长终于亮相了。这趟行程气候条件不佳，尤其是回程在南大西洋接连遇到两个风暴，作为船长，责任重大，不敢有一丝懈怠，一直坚守在指挥的岗位上。船长在致欢送词时再三感谢大家的全力配合，一起勇敢完成南极的探索行程。

15天很快就要过去，大家很快就要天各一方，告别也意味着新的行程的开始，有缘的将在其他地方不期而遇，人生这样的机会很多，这次南极之行就遇到了去年一起去南欧北非的上海"驴友"夫妇。世界说大很大，说小也很小，对于无缘的人永远是咫尺天涯，而有缘的人则天涯咫尺。

离别在即，大家纷纷合影留念，与船长、探险队员、服务人员、"驴友们"，共同留下南极之行的美丽记忆。我们一起来的7个人，与船长、探险队长乌迪和安妮一起合了照。50多岁的周女士就像个追星族，追星的劲头一点不输年轻人，见谁逮谁，又是合影，又是签名，一个都不能少，连餐厅工作人员也不放过。

晚上收到船方发的由船长亲笔签名的两张证书，一张是完成南极探险旅行的，人人有份；另一张是南极跳水游泳的，跳者有之，虽然是两张薄薄的纸，却承载了这次壮美南极再圆梦之旅的全部美好记忆！

终于到达布宜诺斯艾利斯机场

日期： 2014年3月22日
天气： 晴
图示： ① 阿根廷拉普拉塔城市

今天是行程结束回家的日子，曙光灿烂带来一个美好的早晨，风平了，浪静了，已靠近阿根廷大陆，气候也暖和多了。只可惜在南极时这样晴好的天气太少！

上午10点，"海钻石号"在阿根廷海事部门拖船的指引下，缓缓驶入拉普拉塔港口，因为要等待阿根廷海关上船检查，所以停留的时间较长，大家抓紧时间在甲板上拍风景，这个港口周围环境很漂亮。港湾内有许多白色桅杆帆船，蓝天白云下一只只小帆船飘然而来，海鸥等海鸟一时冲上云天，一时落下水面，抢拍到几幅比较满意的动感十足的照片。

下船的时刻终于来到，告别生活了15天的"海钻石号"，留下惊涛骇浪、惊心动魄的记忆，脚踏实地的感觉真好！在此100多位南极之友就要分道扬镳，各奔前程：70人要飞赴各地回到温暖的家，约有70人还要继续3天巴西的行程，去参观伊瓜苏瀑布和里约热内卢。不同目的地的团友，分别乘坐四辆二层的大巴车，向布宜诺斯艾利斯进发，回家的直奔机场，去巴西的还要在这里住一晚，明早再去伊瓜苏。

离开拉普拉塔，一路上两边都是平坦的原野，除部分是种植玉米和向日葵的田地外，大多数是牧场。青青牧草，草原辽阔，个别养羊，大多是养牛和马，一幅动人的田园牧歌画卷。蓝天上白云朵朵，田地长着很多白色的芦苇草，在风中快乐地摇曳着……心情美，看什么都美，正所谓"境由心生"。一路精神抖擞，一路抢拍不断。

不知不觉道路两旁的房屋多了，密集了，布宜诺斯艾利斯到了！大巴车没有进城而是直奔机场，晚上9点多的航班，还有3个小时充裕的时间。布宜诺斯艾利斯虽然号称"南美巴黎"，但机场规模和人流量都不大，所以很快办好各种手续，在候机的2个小时中，终于可以上网与亲友们取得联系了！

自从离开乌斯怀亚后就一直没有上网，并不是船上无网可上，而是有网难上，100美元100兆的上网费，信号时有时无，断断续续特别烦，所以干脆不上，反正也没有特别急于处理的事。机场的免费Wi-Fi信号上网快，首先通过微信给家里发了两条信息，然后在手机相册挑选几张南极照片简单写了一条微信发了出去，向亲友们报备情况，让他们放心。在我身边的小连第一时间最快反馈，紧接着是谭老师，送来成功登陆南极的祝贺和问候，他是去过南极的人，对此有同样的感受。

看看还有时间，就先看看邮箱，虽然有几十封邮件，但都无关紧要。再看看博客，有百多条的评论和消息。没有太多时间回评，对博友们，尤其是老友、好友们的分享和支持，只能无言感谢，因为有了他们，才

使我获得源源不断地写博动力,所以这次的南极再圆梦之旅,我写了2万多字的日记,拍摄了8 000来张的照片。在此基础上,争取把博客做得更好,为大家呈现一次原汁原味、至纯至美和精彩的南极旅程,也希望有更多的朋友可以从中得到美的享受和鼓舞,争取能亲身去体验一番。

　　南极之旅,十分精彩也十分艰辛,精彩自不必赘言,光是看照片即可无声胜有声。艰辛亦可想象,来回路程4万多千米,相当于绕地球一圈。更为难受的是行船的风浪考验,风高浪急的德雷克海峡是必过的第一关。如果只需过这一关就十分好运,而风浪无情,随时杀到,像我们这次就过了3次风暴的险关。当时的险情,很多人想起来依然后怕。有些人晕船晕了几天几夜,吃不下睡不着,所以不少人说,下次不用钱也不会再来了!即使这样,回想南极的壮美,巨大代价的付出都是值得的。如果很容易就能亲近南极,也就不是南极了!而人生有一次南极的经历,是十分宝贵的,令人回味无穷。

　　一段行程结束了,化作一段美好难忘的记忆,另一段行程就要展开。路在脚下走四方,人生由一段段平凡而又不平凡的行程组成,组成生命的华彩乐章。

南极之旅结束，
北欧北极之旅即将开启

日期： 2014年3月23~24日
天气： 多云
图示： ① 南大西洋的气象

今年上半年的南极再圆梦之旅结束了，下半年北欧北极之旅即将开启。今年的旅行将达到一个新的高峰，脑袋里还装着许多想去的旅行计划……旅行是会上瘾的，总是让人欲罢不能！

30多个小时的飞机旅程，跨越几个时区，也搞不清现在到底是几号星期几，就这么接着写下去了。

现在有一句很热门的话：身体和灵魂，总要有一个在路上，要么旅行，要么读书。我的理解是：读书，就是灵魂的旅行；而旅行，就是灵魂的读书。如果说，旅行是视觉的美餐，那更是心灵的盛宴，感受大自然的多彩，也感受历史人文的厚重，读书与旅行能够充实精神，只有心灵的丰富和宁静，继而产生身心的愉悦，才是幸福的真正源泉。

经常有朋友问我："你总是这样跑，不辛苦吗？"辛苦的是身体，愉悦的是心情，人活着不就是图个好心情吗？做自己喜欢的事，过自己喜欢的生活，这辈子才算没白活！人生如旅途，旅途如人生，最美的风景永远在前方，一路美景一路前行，且行且珍惜，享受行走的过程和乐趣，生命因行走而鲜活，人生因行走而精彩，人活一辈子，能做自己喜欢的事，过自己喜欢的日子，此生足矣！

2014年3月24日于南极之旅回程广州的飞机上。

出发南极　人在旅途 梦在远方　北极圆梦

我的
北欧北极之旅

相对南纬66度34分之内的南极，北纬66度34分之内的北极，似乎没有那么遥远、那么寒冷，而且人气要旺得多。位于地球最南端的南极，是一个被大洋环绕的大陆，而位于地球最北端的北极，却是一个被大陆围绕的海洋盆地。南极境内没有一个国家，也不属于任何一个国家，除了科考站，没有常住人口，到处冰天雪地白茫茫一片；而北极却有挪威、丹麦、加拿大、美国、俄罗斯、芬兰、冰岛、瑞典等8个国家的领土伸入其境内。当然，正如北极熊是北极的王牌动物一样，企鹅就是南极的王牌动物。人类将目光投向北极并开始探索北极，最早从2 500多年前的古希腊就开始了，而南极则要晚了2 000多年，直到1821年，人类才第一次踏上南极的土地。去北极旅行，除了与南极拥有相同的冰雪奇景以外，更多了历史和人文的积淀，相对而言更加多面而精彩。

北欧北极之旅第一站
——挪威

日期： 2014年8月25日
天气： 多云
图示： ① 徒步攀登布道石

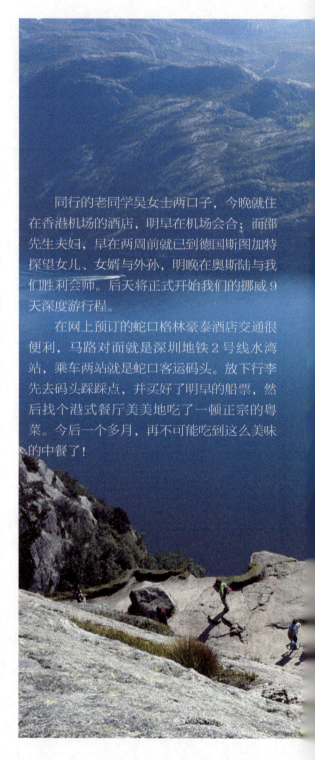

筹备和运作了一年多的北欧北极之旅，今天终于踏上了行程。

这次旅程去年5月我去南欧和北非之际就开始酝酿了。这是一次半自助性质的旅行，北极段是由中国科学探索协会做中介组织的，我的朋友圈参加的有14人，而挪威和冰岛两段深度游，挪威段有7人参加，冰岛段是14人都参加。经过订北极船票、订多段行程的机票、挪威与冰岛深度游路线的制定和衔接、挑选旅行社等许多环节的操作，总算是大功告成。

因为去程订的俄罗斯航空公司的航班是明天上午11点从香港起飞的，所以要提早一天到达深圳蛇口住一晚，明早赶乘蛇口码头第一班船到香港机场。

这次行程总共35天，是仅次于2011年2月非洲之旅与2012年9月美加之旅37天的第二长时间的旅行。因为北欧北极现在的气温最低只有零下几度，与现时的广州相差了30度，需要带很多御寒的衣物。再加上挪威段行程不包餐，要自行解决吃饭问题，为防止找不到就餐的地方，自带了不少快食面、罐头等食品，所以大箱子塞得满满的。今晚要在蛇口住一晚，明早乘船到香港机场再乘机。

同行的老同学吴女士两口子，今晚就住在香港机场的酒店，明早在机场会合；而邵先生夫妇，早在两周前就已到德国斯图加特探望女儿、女婿与外孙，明晚在奥斯陆与我们胜利会师。后天将正式开始我们的挪威9天深度游行程。

在网上预订的蛇口格林豪泰酒店交通很便利，马路对面就是深圳地铁2号线水湾站，乘车两站就是蛇口客运码头。放下行李先去码头踩踩点，并买好了明早的船票，然后找个港式餐厅美美地吃了一顿正宗的粤菜。今后一个多月，再不可能吃到这么美味的中餐了！

到达奥斯陆

日期： 2014 年 8 月 26 日
天气： 晴
图示： ① ② 在飞机上俯瞰挪威

今早 5 点多就起床了，洗漱并吃过昨晚买的牛奶面包，拖上大箱子到对面地铁站乘车。时间充裕得很，根本无须这么早动身，在酒店还可以享受 Wi-Fi，看看微信什么的，但是先生和宋女士老是催促要早点过去，只好少数服从多数。到了地铁站，离第一班车还有半个小时，只好干等。

算起来今年已是第四次出国，从南美洲、南极洲到大洋洲和非洲，这次还要去欧洲和北美洲，世界七大洲走了六大洲。虽然只有 8 个国家（地区），但都是比较深度的旅行，也是达到全球旅行一个新的高峰了！

俄罗斯航空公司 SU213 航班准时在上午 11 点起飞，预计 10 个小时左右后到达莫斯科，然后转机飞往奥斯陆，大约用时两个小时，当地时间晚上 7 点多到达目的地。与以往旅行多数国际航班是半夜的"红眼"航班不同，这次全程都是白天，不用睡觉就可以到达目的地了！

今天安排的座位不太好，夹在中间排的中间位置，不但无风景可看，行动也十分不便，白天睡不着，时间比较难打发，而飞机上的电视节目我基本上是不看的，最好就是利用时间写东西了。想起前不久远在美国的博友 11-1 专门为我写了一篇名为《赞博友——晨依》的博文，不如自己也为写博四周年写一篇文章，为写博过程中的酸甜苦辣做阶段性总结。于是挥笔疾写，用了两个多小时写了一篇《写博有感》的文章。

从香港飞行了 7 700 多千米，飞机降落在莫斯科谢列梅捷沃机场，莫斯科以一片灿烂的阳光欢迎我们的到来。飞机停稳了，可 20 分钟还未能下飞机，离我们转机只有一个小时了，挺紧张的，偏偏这个机场又特别

大,摆渡车足足走了10多分钟,转机的人又排起了长龙,后来一个工作人员引导我们,总算在停止登机前到了登机口,飞往奥斯陆的航班只有不到半数的乘客。

傍晚7点20分,飞机落地奥斯陆,太阳高悬天空,明晃晃的,北欧午夜太阳的奇景才过去不久。可是等行李的时候却遭遇当头一棒,我们的全部行李竟然还滞留在莫斯科没有随机过来,这一下惨了,不仅今晚换洗的衣物漱具没有,更把整个行程的计划打乱了,因为按原计划,明天一早我们就要乘车7个小时前往400多千米远的斯塔万格,而机场方面告知,行李最快也要在明天中午12点多才能拿到。

出了闸口,大家与旅行社安排的地接导游小高接上头,一起商量对行程做出调整修改,明天上午先到奥斯陆市内观光,等中午取到行李后再赶往斯塔万格。本想明天早点出发多争取一点观光时间,可是司机坚持要9点才出发,并且超时还要付加班费。

小高为了安慰我们,给我们讲了前不久才发生的事。8月初国际象棋世界锦标赛在奥斯陆举行,参赛的中国男女队的行李也是没有及时到达,但中国队的小伙子和姑娘们"化悲愤为智慧",竟然取得历史上最好的成绩:男队获得男团冠军,女队虽然输给强大的俄罗斯女队而屈居亚军,但男女队成绩相加仍然是团体冠军。这个故事告诉我们,坏事有时也能变成好事,说不定有后福呢!但愿如此吧!

一般情况下,国外的酒店不提供个人洗漱用具,但像我们这种特殊情况还是可以提供一些简单用具的,至于换洗的衣物就爱莫能助了。吸取2011年2月在非洲旅行时行李丢失4天的教训,我的随身行李都备有一些必要的东西,通过这一次,"驴友们"也应吸取经验教训,常备不懈!

我们出来玩是为了获得快乐,这些小波折暂且搁置一边,因为除了生死是大事,其他都是小事!

参观维格兰雕塑公园，入住布道石青年旅社

日期： 2014年8月27日
天气： 晴
图示： ①②③ 奥斯陆维格兰雕塑公园

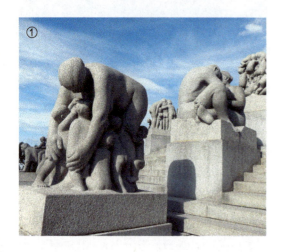

一早阳光明媚，窗外青山如黛，蓝天上白云朵朵，让人心情美丽，但愿从今天起，一切顺利。

9点离开酒店，车行40分钟到达维格兰雕塑公园，11点钟就要离开前往机场取行李，参观时间只有一个小时。

以雕塑家古斯塔夫·维格兰的名字命名的雕塑公园，是奥斯陆最著名的景点，由雕塑家维格兰在1904—1942年期间独立完成。公园占地面积达32万平方米，空间开阔、环境优美，而且入园参观是免费的，这也是维格兰当初与奥斯陆政府就雕塑公园建立达成协议的附加条件，他要让人民无偿享受他一生呕心沥血的艺术成果。雕塑公园竣工后的第二年1943年，74岁的维格兰去世。如今他自己的雕像就在雕塑园内的一隅，手里依然拿着雕塑用的锤子和凿子。这个雕塑公园在世界上也有很高的知名度，几乎是来奥斯陆必到的地方。因为这个雕塑公园，奥斯陆也赢得了"雕塑之城"的美誉。

为了体现每个人的生命都是平等的理念，维格兰的全部人像雕塑，无论男女老少，一律都是赤身裸体的，看不出阶级、阶层的区分，也没有贫富贵贱的区别，能够看到的是，人类从诞生到死亡的过程中一系列活动的共性。无论是个体或群体，都围绕着人的生老病死、喜怒哀乐等各种现象展现人的一生。男性的阳刚、女性的阴柔、孩童的天真、老人的沧桑，在维格兰的精心雕塑下，尽显人体之美、人性之美的风采。

11点钟匆匆赶往机场，到了机场被告知飞机还没有落地，抓紧时间吃了点东西。挪威是世界上生活水平最高的国家，物价贵得离谱，一个牛角包20多克朗，一片比萨40多克朗，比广州贵了7~8倍。而且根据合同，我们还要负责分摊司机导游的餐费每人每天30欧元。

等到12点半，每个人都找到了失散一天的行李，谢天谢地！一颗心终于落了地。

③

好了,终于出发了!汽车向西行驶,奔向挪威第四大城市斯塔万格,但是晚上并不住在斯塔万格,而是住在吕瑟峡湾入口著名的布道石山崖下边,方便明天攀登布道石。

原来估计要走7~8个小时的路程,结果整整走了10个小时,因为都是山路,车速跑不起来,有一些路段在修路,单边放行,还要过一次汽车轮渡,9点后天黑了,车子更要慢慢走,结果到了目的地,已是晚上11点多。

虽说路途遥远,但是沿途的风景还是挺不错的。听小高说,挪威政府有关部门为旅游专门推荐了28条线路,多是到西部沿海峡湾的,这些公路所经过的地方,大多风景优美。像今天我们经过的高原山地,有许多雪山融冰化为溪水汇聚成的湖泊,山青水绿,小房子点缀其中,天高云厚,风景如画。

今晚旅行社安排的是一家青年旅舍,上下铺四人间,男女分房住。房间里有一个洗盆,其余个人卫生都是在公共卫生间进行。多年的境外旅行,似乎第一次享受如此待遇,几位老人家也时髦了一把,入住青年旅舍!其实也无所谓,人要适应环境,能屈能伸,也算是旅行中的另一种体验。

安顿下来,泡了袋方便面,安慰一下肚子,简单洗漱,已是凌晨1点,明天还有攀登布道石的艰难行程,赶快休息吧!

奋勇攀登挪威标志性景观——峡湾布道石

日期： 2014 年 8 月 28 日
天气： 晴
图示： ①③ 徒步攀登布道石 ② 船游吕瑟峡湾 ④ 奇迹石

峡湾是挪威风景最有代表性的景观，甚至被誉为挪威风景的灵魂。世界著名旅游杂志《国家地理旅游者》，经由专家审查了 115 个旅游目的地后，将世界最佳旅游目的地的桂冠授予了挪威峡湾。因此，到挪威的峡湾游是必不可少的。

吕瑟峡湾是挪威最出名的四大峡湾之一，除了与其他三个峡湾一样风景如画以外，它的特别之处是有两块鬼斧神工的独特巨石——布道石与奇迹石。

布道石是吕瑟峡湾中部左岸的一块天然的巨石，从山脊突兀伸出 30 多米直立于峡湾的悬崖峭壁上，岩石平面约 600 平方米，非常壮观。这块石头名气很大，每年都有几十万人专程前来攀登，登上布道石，既能从高处饱览吕瑟峡湾的无限风光，也是一次难得的人生体验。

可能有人会说，不就是登山吗，有什么稀奇？我一生中也登山多次，但像布道石这样难走也是出乎意料，可能是挪威人出于对自然生态的保护，除极少数在湿地的地方铺有一些木栈道外，没有修好的路，只有指示方向的标志，大多数是凹凸不平的大石头，走起路来不但费脚力还十分费精神，注意力必须高度集中，一不小心就会崴脚，山路溪流淙淙，除了路不平还十分潮湿，稍不注意就要滑倒摔跤，同行的宋女士就不小心摔了一跤。

徒步攀登著名的布道石，是我挪威之旅的难忘经历，用了 5 个小时完成了徒步往返，经历和完成了一次人生的挑战。

布道石是挪威峡湾的标志性景观，也是挪威风景的代表之一，高达 604 米的布道石是一块插入峡湾的悬崖断壁，平面是一块约 625 平方米的平台。从布道石山下起步，到登上布道石，升高 600 米，要步行 3.8 千米的路程，如果放在平路步行，一点问题也没有，可是在那样基本没有修的路，况且还背着沉重物资的情况下，走起来很吃力，汗流浃背，衣服早就湿透。但看到不少白发苍苍的外国老人也在奋力攀登，还有年轻父母背着小孩一起登山，身为中国人也不能落后，既然来了，就一定要登上布道石！

①

②

　　登山的路虽然艰苦，所幸的是沿途风光都不错，林子里有小鸟啁啾，草地上有蘑菇生长，野花野果点缀，登上高处环顾四周，高山大河气象万千，让人生出一股豪情壮志。

　　经历千辛万苦登上布道石，无限风光在险峰，在此处欣赏长达40千米的吕瑟峡湾，犹如观赏一幅山水画卷，两岸山峦连绵起伏，布道石一夫当关，危崖耸立，气势逼人。不时有游船驶过，掠起道道蕾丝一样的白色浪花，平添几分动感。登上布道石的人们，充满自豪感，摆出各种姿势拍照留念。

　　徒步登上布道石后，意犹未尽，下了山我们又去乘船游吕瑟峡湾。船游峡湾，则是换了另一个角度再次亲近和观赏雄壮美丽的峡湾。乘船首先要乘车到吕瑟峡湾入口之处的福桑得小镇，坐上从挪威第四大城市斯塔万格开过来的轮渡游船，游船沿着吕瑟峡湾行驶大约两个半小时，至吕瑟峡湾终点吕瑟伯顿小镇然后折回，最后又回到福桑得小镇结束，前后用时5小时。

　　虽说攀登布道石十分辛苦，但是值得庆幸的是，一是天气晴好，二是风景优美。看

过很多博友的博客，说峡湾大多阴雨天，如果是蓝天白云，随手一拍都可以上明信片了！所幸的是，当天下午船游吕瑟峡湾，天气十分晴好，蓝天上白云朵朵，倒影十分清晰，水天一色，仙境一般，收获了不少明信片级的照片。

最为难得的是，我们不但从另一个角度仰视，再次目睹了布道石的雄姿，更是看到了难得一见的奇迹石。位于吕瑟峡湾末端谢拉格山的两座山之间一条窄缝中，夹着一块大石头，上面还能看见小蚂蚁大小的人在上面，让人感觉仿佛风吹石动一样险要。奇迹石比布道石还高了一倍，有1 200米高，如果不乘船很难看得到，而要攀登上去，据说要五六个小时，对一般人来说，几乎是不可能完成的任务。但是无论是花钱和付出的辛苦劳累，能够近距离观赏到大自然鬼斧神工的美景，都是值得的。

有些风景只属于少数人，属于那些热爱自然、不畏艰难、勇往直前的人，我想布道石应该就是这样的风景，我也有幸成为欣赏到绝美风光中的一员，为此而深感自豪！

参观挪威名城斯塔万格和卑尔根

日期： 2014 年 8 月 29 日
天气： 阴雨
图示： ① 吕瑟峡湾　②⑥ 卑尔根　③ 斯塔万格　④ 卑尔根街上的年轻人　⑤ 巨剑纪念碑

　　早晨天空有彩霞，不久就乌云密布，开始下雨。

　　因为昨天没有进入斯塔万格，走过路过当然不能错过，况且挪威第四大城市斯塔万格还有挪威保存最好的老城和木屋，十分值得欣赏。

　　上午 10 点多来到斯塔万格，小高首先带我们去参观著名的巨剑纪念碑。矗立在湖边三把高耸的青铜剑纪念碑，是纪念公元 872 年在附近发生的哈弗斯峡湾战役。1142 年前，"金发王"哈拉尔国王就是在这里击败了他的各派敌人，统一了挪威。这场战争标志着挪威开始走上独立统一国家的进程，因此，这三把剑雕塑也是挪威历史的象征，被印在许多宣传广告的资料上。

　　随后到老城参观。斯塔万格老城是挪威历史保存得比较完好的一部分，各种颜色的木制房屋留住了往日的时光，石块铺就的蜿蜒街道伸入历史深处。漫步其间，让人遐想，仿佛走进了一个童话故事里。

　　斯塔万格的重要地标斯塔万格大教堂，由英国主教主持修建于 1100 年，历时 25 年完工。作为该地区的宗教中心，斯塔万格大教堂是其标志。虽然时至今日，光阴荏

①

苒，但是这座几经沧桑的哥特式大教堂依然伫立在老城中心，见证这座城市的历程，也成为挪威文化遗产的一部分。

斯塔万格城市面貌秀丽洁净，城市公园是个很大的湖，四周绿树成荫，有漂亮的小房子点缀其中，湖中央有一个喷泉，湖岸边有很多海鸥，海鸥与人相安和谐，构成一幅美丽祥和的画面。

斯塔万格几经繁荣与衰退，都与当地各种产业兴废对经济发展的影响大有关系。1810 年，法国人在斯塔万格建立了第一个沙丁鱼罐头加工厂，因为兴旺的鱼加工工业促进城市发展和人口急剧增加，而后成为欧洲最大的沙丁鱼罐头加工基地。

20 世纪 70 年代后，由于附近北海油田的开发，斯塔万格成为油气田设施和船只的维修及后勤保障基地，就业的增加和消费机会的强有力刺激，再次为城市的繁华带来新的推动力。今日的斯塔万格被誉为"北海油都"，不仅仅是挪威国家石油公司和挪威石油董事会总部的所在地，而且有 10 家外国石油公司的挪威总部也设在这里，使这里成为一个国际社区。斯塔万格的居民有 11 万人，其中 8% 是外国人。如今不仅是斯塔万格，整个挪威的经济都以北海油田为主。

斯塔万格附近的吕瑟峡湾，以奇异的布

道石和美丽的峡湾风光闻名，许多游览吕瑟峡湾的游船都是从这里出发，也给斯塔万格的旅游业带来许多客源和收入。

1 300 多年岁月沧桑，古城斯塔万格依然保持一份历史的深沉韵味，同时快速发展的经济，也使古城充满了生机活力。雨中漫步斯塔万格，感受古城岁月带不走的风情魅力。

离开斯塔万格，我们奔向挪威古都卑尔根，乘坐了两次汽车轮渡，驱车 5 个小时，来到挪威第二大城市卑尔根。卑尔根保留了很多历史古迹。凡是世界自然或文化遗产我都有兴趣去参观和了解，因为这是大自然鬼斧神工和人类勤劳智慧的结晶，值得我们欣赏、感悟和珍爱。

位于挪威西海岸高山与峡湾之间，有"七山之都"之称的卑尔根，是仅次于奥斯陆的第二大城市，因其拥有庞大的商船和渔船而成为挪威最大的航运、商业中心和对外重要门户。

卑尔根所处的峡湾地形适合大型船只行驶进出，使其成为欧洲最大的邮轮港口之一。来来往往的邮轮带来大批的游客，因此，卑尔根的旅游业发达。如果说峡湾是挪威风景的灵魂，那么卑尔根则是通往壮美峡湾门户的七彩之城。

历史悠久的卑尔根本身也是一个风光优

④

⑤

美、文化底蕴深厚的古城，保留了很多中世纪时期的历史古迹和重要景点，如胡斯城堡、圣玛丽教堂，等等。卑尔根也是挪威著名作曲家爱德华·格里格的家乡。2000年，卑尔根与布拉格、布鲁塞尔、赫尔辛基、雷克雅未克、克拉科夫等城市一道获选"欧洲文化首都"的殊荣。

与整个北欧历史一样，卑尔根在建城近千年以来也屡遭劫难。14世纪黑死病曾在此地流行，15世纪曾被海盗疯狂洗劫，宗教改革时期城市被破坏，"二战"中因被德国纳粹占领而遭到盟军的轰炸，还曾经先后遭受几次毁灭性的大火焚烧……然而，每次灾难过后，卑尔根又重新站立起来，在挪威政府和人民的精心爱护和全力保护下，许多历史古建筑得到恢复并保护完好，成为让人流连忘返的旅游观光胜地。

卑尔根人引以为豪、被评为世界文化遗产的布吕根码头木屋群，位于老城"德国码头"边上。这些木屋的历史背景源于14—16世纪，当时的卑尔根是欧洲需求旺盛的鳕鱼集散港口，挪威人与德国人搞了个鳕鱼贸易的"汉萨联盟"，大批德国人从这里上岸做生意并在附近居住，码头故名"德国码头"。码头边上一排颜色鲜艳的木屋，就是当年德国人做生意风生水起的地方，也是今天的世界文化遗产布吕根木屋，这排木屋是欧洲保留的最大的木屋群。

木屋群不远处的另一侧码头边上，就是著名的露天鱼市场，原先这里是渔民打鱼上

⑥

岸后进行买卖交易的市场，现在已成为最接地气的旅游景点之一，来到卑尔根旅游的观光者，无不到此一游。这里各种海鲜琳琅满目，有三文鱼、螃蟹、大虾、贝类等各种海鲜的摊档，既有各式各样雪藏冰鲜和制成罐头的，也有被烧烤得香喷喷的。烧烤的鱼虾发出阵阵诱人的香味，引得人垂涎欲滴，不过价钱不菲，一串海鲜烧烤是150克朗。

现在是学校开学的日子，为庆祝新学年的开始，鱼码头街上有很多年轻人成群结队又喊又叫，不少人还打扮得花里花哨的，有几个装扮怪异的年轻人主动与我们合照留影，与年轻人在一起真好，仿佛给自己的生命注入蓬勃的青春活力。

距离鱼市场不到200米的弗洛伊恩山，是整个卑尔根的制高点，也是到卑尔根旅游观光不可错过的地方，乘坐缆车只需8分钟，就登上320米高的弗洛伊恩山顶。极目远眺，整个卑尔根山水一色的美丽风光一览无遗。

卑尔根号称"欧洲的西雅图"，以多雨的天气而闻名，由于受墨西哥湾暖流影响，一年有300天下雨，在淅淅沥沥的小雨中，打着一把伞，缓步畅游卑尔根，在老城木屋里追忆历史，品尝海鲜时感受当下，也是一种惬意的享受。

今晚就住在卑尔根，条件比昨天强多了。毕竟是大城市，宾馆里有Wi-Fi，赶快发出来挪威后的第一条微信，既是报平安，也是与亲友们一起分享美好的行程。

峡湾山水田园风光一日游

日期: 2014年8月30日
天气: 阴
图示: ① 哈当厄尔峡湾
② 斯塔因斯达尔思瀑布
③ 路上的风景

今天堪称山水田园风光一日游,上午9点,我们离开卑尔根,前往哈当厄尔峡湾。哈当厄尔峡湾是挪威著名四大峡湾之一,长达179千米的哈当格尔峡湾,是挪威第二、世界第三长的峡湾,这条峡湾的特点是地势平缓,具有田园风光。

我们首先来到斯塔因斯达尔思瀑布参观,别看这条瀑布落差只有20多米,但胜在水头够足,交通便利,路过的游人都会驻足欣赏一下,因此,它是挪威最具人气的瀑布,并且还修了一条道路可走到瀑布后面,让人与瀑布零距离亲密接触。站在观景台远眺,一派美丽的田园风光,令人赏心悦目。

身为冰雪王国的挪威，有终年不化的冰雪，更有不断融化的冰雪而汇成的瀑布。一路走来，大小瀑布不计其数。接着又去看一条高达182米、挪威排名第八的沃尔令斯大瀑布。

其实一天走下来，最好看的风景都是在路上，汽车沿着哈当厄尔峡湾行驶，曲折的峡湾四周的风景十分优美，黛绿色的森林、蔚蓝色的湖水、碧绿的草地、五颜六色的小木屋……与瑞士的自然风光十分相像。

今天没有具体行程，全凭小高安排。小高是从河北承德来读研究生的，找了一个挪威女朋友，读完书就留在挪威工作，导游也是兼职而已。刚开始有人觉得这样的导游不专业，时间长了就发现小伙子的优点，就是对工作认真负责。为了安排好今天的行程，他在网上做了很多功课，今早起床晚了，一直向我们道歉。

吃过午餐，小高神秘地卖了个关子，要带我们去一个"世外桃源"，并很负责任地说，这个地方绝对没有中国团队来过，自驾游也很难找到这个地方。这是名为Kjeosen的一个高山牧场，建于1860年，有150多年的历史。最主要的是，从这里的高处俯

瞰，可以看见哈当厄尔峡湾的一部分壮丽的景观。这地方来的人的确很少，景色也真的不错。

接着又跑了一条盘旋而下的险道和一条终年积雪的高山雪道，在山顶一处观景台，从另一个角度再次欣赏了美丽的哈当厄尔峡湾。天色已晚，峡湾的水呈现迷离的蓝色，有点梦幻般的感觉。

今天还有一个小小的收获，买了一个手持挪威国旗的小山妖，为家里的小小"联合国"增添一位新成员。山妖是最具挪威特色的吉祥物，这个五短身材、披头散发、长着一个匹诺曹式长鼻子的山妖，初看样子丑陋，越看越可爱，因为在挪威传说中，它是面恶心善的精灵。

在弗洛姆高山铁路遇见魅惑的"树精"

日期: 2014年8月31日
天气: 少云
图示: ① 博尔贡木板教堂 ② 教堂参加洗礼的民众 ③ 弗洛姆小镇与高山铁路 ④ "树精"

①

今天行程丰富,收获很多精彩。

首先我们穿越了世界最长的公路隧道——拉达尔隧道。这条1995年动工、用了5年时间、耗资1亿美元的隧道,长达24.5千米,开车经过也要用时20分钟。为了防止司机在黑暗中开车疲劳,隧道内每隔一段还安装了彩色的灯光。以前从奥斯陆到卑尔根,行车时间要15个小时,遇上大雪天道路封闭交通阻塞需时更长。而这条隧道修好后,从奥斯陆到卑尔根风雨无阻,只需要7个小时。这条耗资巨大的公路隧道是不收费的。

到了居德旺恩小镇,我们乘游船游览松恩峡湾。松恩峡湾是四大峡湾中最长最深的一个峡湾,长达204千米。它的一段分支纳柔依峡湾被评为世界自然遗产。我们今天乘船参观的主要就是这段。

今天天气十分配合,虽然云层比较厚,但是能见到部分蓝天和阳光,与昨天阴雨天相比，这就已经很好了！

乘船看两岸风光如画卷徐徐展开，根本坐不下来，端着个相机从船头走到船尾，从左舷走到右舷，绝不浪费每个拍下美景的机会。玩摄影既是技术活，也是体力活，要获得一张好照片都要有所付出，既为行程留下永远美丽的记忆，也为与亲友们分享快乐。

两个小时后游船停靠在著名的弗洛姆小镇。这个位于松恩峡湾分支艾于兰峡湾尽头的小镇之所以出名，除了优美的环境之外，更因为这里有一条世界著名的高山铁路，每年慕名而来的游客高达几十万人次，而这个小镇的常住人口只有400多人。实际上，弗洛姆铁路只是卑尔根铁路的一段支线，现在则成了挪威旅游的热门专线，来往弗洛姆小镇的人川流不息，这里还有一个博物馆，用图片和实物展示铁路修建的情景。

这条1924年开始动工，花费了16年时间修建的铁路，从海拔2米的弗洛姆河谷起步，20千米路程一直上升到终点站米达尔山的900米，其中80%的路段超过55度的坡度，最小的转弯半径只有130米，因为山势陡峭，很多地方只能依靠人工开凿建设，可想而知，当年修建这条铁路是何等的困难与艰辛！

墨绿色的列车在陡峭的山中缓缓盘旋爬升穿行，20千米的路程穿过20座隧道和防

②

雪棚，从车厢的大型玻璃窗望出去，一路风光极美，险峻的高山峭壁，众多飞流直下的瀑布，茂盛的植被，青翠的河谷……一派原始又美丽的高山田园风光，让人目不暇接。列车一路上还停靠几个小站，方便沿途居民的出行，在中间段的贝瑞克法姆车站，则是上、下行列车交会的地方。再往上行就到了肖斯瀑布站，这里有一个巨大的观景平台，停车5分钟让旅客下车拍照。

落差近百米的肖斯瀑布气势磅礴，白花花的水流随着轰鸣声倾泻而下，突然间山谷响起一阵如泣如诉的音乐，瀑布边树林中出现了一个身穿红色衣裙的黄头发女孩，随着音乐翩翩起舞，不一会又隐身不见，这时瀑布旁又出现另一个黄头发女孩，如此这番轮流出场3次，这就是挪威传说中的"树精"。据说"树精"经常在树林中出没，化成美女引诱那些好色的男人，让他们迷失方向回不了家。这是挪威旅游独具匠心的创意，给人

③

111

以惊喜，意外的收获给这趟高山火车之旅增添了几分童话色彩。

火车用时1小时开到山上的拉达尔车站，有人下车，从这里转车换乘长途列车，可到挪威故都卑尔根，也有人上车，去弗洛姆小镇观光。不少人下车后就租自行车骑下山去，这也是个好办法，既观光又锻炼，一举两得。

回程列车一路顺势而下，往上望，是雪峰、森林、瀑布，往下看，则是美丽的山谷田园和星星点点的小房子，当列车驶过建于1667年的弗洛姆教堂时，让人难忘的弗洛姆高山铁路之旅完美结束，那些美好的过程长留在记忆中。

离开弗洛姆小镇，我们去了几十千米外的一个小村庄。这里有一座远近闻名的博尔贡木板教堂，这座古老的教堂建于1180年，是挪威保存得最好的木质教堂。教堂外表漆黑一片，仿佛用火烧过一样，上面两层的顶部还有飞龙的翘角，很像泰国寺庙的风格，而旁边有一座外表红色、有百年历史的教堂，现用于宗教活动，而那座黑教堂，则成了博物馆。

更令人惊喜的是，我们邂逅了当地人的洗礼活动。几十个穿着挪威传统服装、喜气洋洋的男女老少，参加完婴儿的洗礼正步出教堂，那些服饰十分有民族特色，难得一见，因为只有在盛大节日时他们才穿这样的服装。听小高讲，这种名为"巴纳德"的民族服装，全部用手工制作，每套要1万多克朗，十分昂贵。参加完婴儿洗礼的人们喜笑颜开，轮流抱着婴儿拍照留影，我们也趁机蹭拍了一些照片。在西方信教的国家，人们的出生洗礼、成人、结婚、去世都是很重要的仪式，而且都是在教堂里隆重举行。

结束今天的活动，我们乘车前往260千米外的盖朗格尔峡湾的耶勒小镇，今明两晚都住这里，明后两天还要参观挪威最大的布里克斯达尔冰川和四大峡湾中最后一个盖朗格尔峡湾。

感受山鹰之路与山妖之路的险峻与壮观

日期： 2014 年 9 月 1 日
天气： 晴转多云转小雨
图示： ① 山鹰之路观景台 ② 沿途风景 ③ 山妖之路观景台 ④ 盖朗格尔峡湾 ⑤ 山妖之路

挪威四大峡湾，我们已经乘船游过了吕瑟和松恩峡湾，今天再次船游盖朗格尔峡湾，已经超额完成任务。

盖朗格尔峡湾是四大峡湾中最短的，只有 16 千米长，以美丽神秘和瀑布众多著称，被评为世界自然遗产的就是这段与昨天松恩峡湾的纳柔依支段。

我们首先来到盖朗格尔小镇后面高峰的一个观景台，在这里尽览无限风光：冰河近在咫尺，仿佛伸手可触，冰河下面是波光粼粼的湖泊。被四周青山环绕的盖朗格尔峡湾，像一条蓝色的飘带蜿蜒延伸，上面停泊着大型的邮轮，小镇上童话般的小房子高低错落有致，田园青翠，更看见有 11 个急转弯的山鹰之路非常醒目，十分壮观。

小镇旁的山鹰之路，因每年五六月时，很多鹰在这里上空盘旋而名，这条路盘旋了很多"之"字形，远看十分壮观。观景台左侧近在咫尺有几条冰河闪耀着蓝光，冰河下面是高山湖泊，风景十分优美。

因为要乘 11 点的游船，在观景台只待了十来分钟就赶快下山，到了码头，离开船不到一分钟，我们刚上船，轮船就缓缓驶离码头了！挪威峡湾的船，大多是交通与旅游两用，下面装载车辆，游客就在上层甲板上观光。

挪威四大峡湾总体风光都大同小异，一湾碧水、两岸青山，青山上有众多的瀑布，盖朗格尔峡湾这段尤甚，瀑布还有许多美丽的名字，如七姐妹瀑布、求婚瀑布等。

船行 1 个小时，来到峡湾的另一个小镇海勒叙尔特，停靠 15 分钟，有人在这里上船，旅游的人大多购双程票原路返回。我们也上岸沾沾地气，拍了几张照片就返程。

①

除了站在盖朗格尔峡湾最高处瞭望险峻的山鹰之路，乘车实地走一趟，是很好的体验，既能感受这条路的险峻，更能通过车子的盘旋式前进，获得一步一景转换的视觉享受。山鹰之路中间还设有观景台，游客可以下车在这里尽情欣赏峡湾的美丽风光。

从山上下来车行20多千米，乘船渡过斯图尔峡湾，车子驶上了挪威另一条著名的山妖之路。这条长达106千米，历经8年修建的63号公路，由山鹰之路与山妖之路连接组成，这是一条自驾游热门的著名景观大道，一路上风景很美，盘高山、渡峡湾、过森林、绕湖畔，被挪威人亲切地称为"山妖之路"。

海拔最高达1 600米的63号公路，在山妖之路最险峻的一段山顶上，修建了一个很大的停车休息区，里面不但安装了有巨型玻璃窗的咖啡厅，还有几个视野开阔的观景台。这里是观看山妖之路的绝佳之处，这里又名托罗尔斯蒂根山道。只见在陡峭的山体上，很短的距离内建有10多个极窄的U形弯道，弯道就像飘带一样缠绕山体，来往的汽车就像慢慢蠕动的小甲虫。因为受气候影响，这条山妖之路只在夏天开放，冬天只能抱憾而归了！

挪威政府为了发展旅游事业，在全国推荐了28条景观公路，这些公路所经过的地方，大多风景优美，有地方特色，行过路过，对挪威的自然风光都有近距离的接触和感受，而山鹰之路和山妖之路不过是它们中的杰出代表，如果有条件，做好功课自驾游，是体验和感受大美挪威的一个不错的选择。

这几天的挪威观光，颠覆了我原先对北欧的印象。欧洲来过好几次，东、西、中、南欧都去过，把北欧放在最后，潜意识中认为北欧不如其他欧洲国家精彩。但实际看来，北欧也很精彩，相对其他欧洲国家，它的人文景观少些，但是自然景观十分大气，既有高山林海、冰川雪原、大海峡湾的狂野，也不乏田园牧场的秀美。这次也仅仅走了挪威的南部和西部，而北部的千里冰封，特别是特罗姆瑟和北角的极地风光以及诱人的北极光，也是挪威风光的精华。希望接下来进入北极圈的斯瓦尔巴群岛，能更全面地感受挪威。

②

③

①

近距离接近布里克斯达尔冰川

日期： 2014 年 9 月 2 日
天气： 多云转少云
图示： ①②③ 奥登湖 ④⑤ 布里克斯达尔冰川

昨夜小雨淅沥，今早空气特别清新。

挪威行程最后一个项目是参观挪威最大的冰川——布里克斯达尔冰川。

冰雪王国挪威，从远古时代开始就被冰雪覆盖着，直到今天，挪威仍留有冰川时代的印记，最明显的标志就是大大小小的冰川和由冰川造就的峡湾。

挪威最大的冰川——约斯特达尔布林冰川有 50 多条分支，我们今天参观的这条名为布里克斯达尔的分支冰川，是挪威最具人气的冰川，因为它所处的位置，在著名的盖朗厄尔峡湾附近，交通便利，人们可以近距离接近。每年 4～10 月，对外开放，其他时间因天气太冷道路湿滑，为安全起见，冰川闭门谢客。

乘车前往布里克斯达尔冰川，一路风光无限，尤其是经过奥登湖，其风光可用绝美来形容。因为下过雨，山上有了缥缈的云雾，湖水如沉睡的少女般平静，岸边的倒影清晰漂亮。当太阳的光线照在湖岸，斑驳光影的田园风光如同仙境，令人不由得惊叹，怎么可以这样美！

离布里克斯达尔冰川很远，就能看见高达 1 200 米的蓝莹莹的冰川高悬在青翠的峡谷之上，车子一直开到冰川的山脚下，可以乘电瓶车或徒步一直走到冰川脚下。因为要赶时间回奥斯陆，我们选择了乘坐电瓶车。

一路上看见克雷瓦瀑布，气势磅礴，咆

哮着飞流直下，激起巨大的水花，河流欢歌，林木苍郁，空气富含负离子，令人神清气爽。

下车后再步行几百米，就来到了冰川下，离蓝色冰川只有百来米远，仿佛伸手可触。瀑布汇流的河滩，还有大块的冰块浮在水面，游客们尽情拍照。

全部行程结束已是1点钟，连饭也来不及吃就赶往奥斯陆，因为还有480多千米的行程要走。这几天为了赶行程经常是饥一顿、饱一顿，早餐尽量多吃、吃饱，中午没时间吃饭就用干粮将就一下，只要能看到好的景观，也就忘记了饥饿、忘记了疲劳。

为了让我们多看点东西，回程时小高选了一条更加原生态的乡道，与昨天的山妖之路差不多。

中途经过南部的城市利勒哈默尔，在这里吃了一顿告别晚餐。虽然把餐费早就给了司机和小高，还是邀请他们一起参加。在市内找到一间名为东方之珠的中餐馆，老板来

②

自上海，已在挪威待了20年，厨师给我们做了六菜一汤，有虾、牛肉、丸子、蔬菜等，还为我们带来最受欢迎的乌江榨菜，大家高高兴兴吃了一顿来挪威后最丰盛的晚餐。

利勒哈默尔是个中等城市，但它在1994年却举办过冬奥会，街上的下水道盖上都铸有冬奥会的标志。因为自然环境得天独厚，各种冰雪运动在挪威开展得如火如荼，挪威人是冰雪运动的健儿，娃娃们小小

③

④

年纪就会滑雪、溜冰、打冰球等多项冰雪运动，冰雪运动与峡湾、北极光和山妖，都是挪威的标志。在世界已经举办过的 22 届冬奥会中，挪威的奥斯陆与利勒哈默尔就获得过两次举办权。只有 500 多万人的挪威，战胜许多大国，至今保持着冬奥会奖牌第一的纪录。

迄今为止，挪威本土的行程已全部结束，收获不少，大家都比较满意。

明天早晨我们将飞赴北极圈内的斯瓦尔巴群岛的首府朗伊尔，开始神秘又充满诱惑的北极之旅。挪威之旅仅仅是热身，而北极之旅才是核心与高潮。

⑤

北欧北极之旅第二站——北极

日期： 2014 年 9 月 3 日
天气： 多云转小雪
图示： ① 草地上的野雁 ② 地球最北面的教堂 ③④ 遥远寒冷的朗伊尔
　　　　⑤ 世界最北面的大学——斯瓦尔巴大学

今天终于来到真正的北极！之所以这样说，是由于 2010 年 8 月跟中信国旅从英国南安普敦乘"星辰公主号"邮轮横渡大西洋到美国纽约走的行程，其中在格陵兰南部的克格尔顿登陆，就被"忽悠"为到了北极，实际上不入北纬 66 度的北极圈是不能算到北极的，克格尔顿是北纬 60 度多点，最多算是与北极擦肩而过吧。正因如此，笔者对这次真正的北极之旅充满期待，最大的期待就是能看见北极熊和北极光！尤其是在号称北极熊的故乡斯瓦尔巴群岛上，据说北极熊超过 4 000 只之多，比常住人口还多！

早晨小高把我们送到奥斯陆机场，大家依依惜别，在候机室与刚从广州飞过来的叶先生等 7 人顺利会师。

座无虚席的 SK4490 航班 10 点半起飞，经过近 3 个小时的飞行，终于来到北纬 78 度的斯瓦尔巴群岛的首府朗依尔城。

斯瓦尔巴最早在 12 世纪时就被北欧海盗发现，但由于天气寒冷而无人居住，直到 1596 年，荷兰航海家威列姆·巴伦支来到这里，将它命名为"斯瓦尔巴"，即寒冷的

②

海岸之意。

　位于北冰洋上的斯瓦尔巴群岛属于挪威的领地，其首府以1906年首先在这里发现了煤矿的美国人约翰·朗依尔的名字命名。这里是世界最北端有人常住的城市，现在以采煤、科研和旅游作为经济三大支柱。这里有一所斯瓦尔巴大学，以研究北极生态为主，中国在北极设立的黄河科考站，也位于斯瓦尔巴群岛的新奥勒松。

　一下飞机，立刻感觉阵阵寒意，马上要增添衣物，免得冻感冒，但空气无比清新，沁人肺腑。抬眼望去，群山覆盖着皑皑白雪，名副其实的北极之城。今天同机来到朗依尔城的人，我想大多与我们一样，是来北极探险旅游的吧！因为后天下午，我们就要乘坐"探险号"破冰船，开始14天巡游北极三岛的行程。

　机场大巴车把我们送到半年以前就在网上预定好的旅馆。这里的宾馆都比较简陋，外表是火柴盒式的，使用公共卫生间，但房价很高，近千元一晚，看来挪威的高物价，从南到北无一例外。

在宾馆安顿下来，简单安慰了一下肚子，我们到小城去逛逛，感受一下这个极北之城的风貌。

外面风很大，逆风时吹得人几乎走不动，清鼻涕不由自主地流出来。这里的房子外大多涂得五颜六色，在茫茫白雪中容易辨认，同时缤纷的色彩也让人神经兴奋而没有那么压抑。

地表只有6%左右被植物覆盖的朗伊尔，没有树木，只有地衣、苔藓类低等的植物，秋日红红黄黄的地衣，就像大地的一件彩色的外套，也是挺好看的。还有一簇簇"小而白、纯又美"的雪绒花，特别令人喜爱。电影《音乐之声》那首《雪绒花》歌曲，是我最喜爱的歌曲之一，也是唯一一首能用英语唱的歌，唱了多年的"雪绒花"，今天终于近距离亲近这种平凡又美丽的小花！还有更令人高兴的，就是在路边的草石丛中，看见两群类似野雁的鸟，有10多只。回来后听叶先生说，他们还看见两只悠悠然觅食的驯鹿呢！看来这里的自然生态保护得不错，人与动物相处和谐。

我们边走边看，一直走到小城山坡上的小教堂。这个小教堂外表普通，却是世界上最北边的教堂，背后有雄伟的雪山衬托，还是挺好看的。这里许多建筑，都可以冠上世界最北的名号，如最北的大学、最北的邮局、最北的银行，等等。

朗伊尔的气候环境寒冷而独特，年平均温度只有零下7度，冬天最冷可达零下40多度，每年11月到第二年的2月，整个朗伊尔都处于黑暗之中，而夏季则有4个多月是太阳不落的白夜时间。春夏两季是朗伊尔人气最旺的季节，因为这里是挪威少数特许能够驾驶雪地摩托车的地方，还有不少世界各国的年轻人来这里徒步旅行，有的人甚至留下来就不走了，据说现在在朗伊尔工作生活的人来自世界40多个国家。除了挪威本国人，外籍人以泰国人最多，据说因为一个朗伊尔小伙子到泰国旅游，认识并与一位泰国姑娘相爱，一起回到朗伊尔生活，随后不少泰国人陆续来到这里。为了爱情、为了生活，这些人不远万里从炎热的泰国漂泊到寒冷的朗伊尔来落户，生活环境的反差也是非常之大的。

朗伊尔还有一项全世界极少有的规定，就是不允许死在这里。拒绝死亡也是由斯瓦尔巴严酷的环境决定的。由于温度低，地表下基本都是冻土层，尸体不会自然腐烂。重症和绝症病人必须送回挪威本土的医院去。除非猝死，没有人有权死在这里。因此，只要病人还有一口气，病得再重都要离开斯瓦尔巴回到挪威本土。

这里不但拒绝死亡，也保留了人类生存的最后希望，因为这里建立了"世界末日种子库"，把世界各地的各种植物种子保存在地下仓库里，防止因为天灾人祸造成物种灭绝，对人类生存有很大的意义。

回到宾馆不久，就看见窗外飘起雪花，直到10点半，天还很亮，只能拉上窗帘。宾馆有Wi-Fi出售，24小时75克朗，大家觉得晚上9～10点购买比较合算，可以用两个晚上，谁知下午4点就不卖了，只好调侃：今天无网日，请大家早点睡！

⑤

巡游斯岛，品尝鲸鱼肉，寄出地球最北面的明信片

日期： 2014 年 9 月 4 日
天气： 多云
图示： ① ② ③ 矿业小镇

今早吃早餐时赶快去购买了 24 小时的 Wi-Fi，可以用到明早。发两三条微信吧，明天下午上了"探险号"破冰船，恐怕 14 天都无法发微信了。8 号就是中秋节了，也要提早给亲友们送去节日的问候和祝福。

今天是网上早就预定好的斯瓦尔巴群岛一日船游。早上 8 点 20 分，早早吃过早餐的我们，登上旅行社派来的大巴车，大巴到沿途各宾馆接上游客，一直开到码头。

在码头我们登上了一艘黑白色的小型游轮，向北驶向 Billefjordeni 峡湾，一路上看见峡湾周围有起伏的山峦，上面有白雪，不断有海鸟飞来飞去。船行 3 小时左右，看见 Nordenskiold 冰川，这条巨大的冰川一直延伸到海边，有一部分是蓝莹莹的，可惜望眼欲穿不见北极熊的踪影，看来在北极熊的故乡看见北极熊也是很不容易的。老姚在微信中说，上次他跟王总来北极也没有看见北极熊，但愿我们比他们好运。

但是有关北极熊的传说也是有的，说是几年前在朗伊尔城里闯进一只十分饥饿的北极熊，并主动攻击人类，最后被开枪打死。那是一只皮包骨的饿熊，看来北极熊在北极的日子也很不好过。如此下去，人类的生存

②

环境也堪忧。

中午在船的甲板上吃热餐,有米饭、面包,有锡纸包裹煮好的三文鱼,还有腌制好放在烤炉上烧烤的肉块。船员告诉我们,这种黑肉块竟然是须鲸的肉!

午餐后登陆,上岸参观早期苏联矿业小镇 Pyramiden。这个煤矿小镇是 1921 年开业的,所处位置比朗依尔还要靠北,位于北纬 79 度,全盛时期有职工 1 400 人,1998 年这个煤矿关闭后,只剩下 2 个人留守,现在小镇作为旅游点,职工增加到 14 人。

码头上有一个络腮胡子的俄罗斯导游迎接我们,这个导游头戴一顶镶嵌镰刀斧头五角红星的帽子,背着一杆步枪,据说是朗伊尔的规定,离开城市出行都要带枪,以防北极熊伤人。这个导游用英语讲解,还会几句中文,带领我们沿小镇走了一圈。

③

小镇最醒目的是一块圆形的标牌，吸引人的是上面画有一只北极熊，标牌中间画有半个地球，地球标出一颗五角星的地方就是煤矿小镇所处的位置，标牌最下面标出79度的数字，就是这个煤矿小镇所处的纬度。

全盛时期的煤矿小镇颇具规模，除了生产场地，还有职工宿舍、幼儿园、职工俱乐部，等等。职工俱乐部前面矗立着一尊列宁的雕像，里面有图书馆、放映室、舞蹈室、钢琴室、篮球场……墙上还有许多当时的宣传墙报，建筑外面的窗台上，全让海鸥占领做了窝巢。采煤的井架和长长的运煤输送通道还静静矗立在山上。时光流逝，过去的一切已成历史的遗迹，只有小镇依然在无声地追忆。

令人惊喜的是，在小镇的小商店里有明信片和邮票出售，赶紧购买了几张，在船上写好地址后回小镇想办法把它们投递出去。这个实寄片寄自地球最北面的邮局，而2010年第一次去南极时，也曾在世界最南面的乌斯怀亚海边邮局寄过明信片，寄自世界最南、最北的明信片都有了，很有意义，但愿能平安收到。

与我们有缘的小管，主动申请帮我们完成投递明信片的任务。小管是与我们同机到达朗依尔，又同住一个宾馆，今天又一起参加活动的年轻人。小伙子是上海人，上海交通大学毕业后在飞机设计公司工作，被单位公派到英国读研究生，8月刚答辩完，趁机到北极来玩，因为国庆后就要回国上班了。由于他的英语流利，一路上对我们多有帮助。他说他昨天去过镇上的邮局，因此主动提出帮我们投递明信片，真是个热心助人的好青年。

徒步一号冰川，登上破冰船奔向北冰洋

日期： 2014年9月5日
天气： 阴转多云
图示： ① 登上"探险号"邮轮准备出发 ② 在镇上闲逛的驯鹿 ③ 邮轮驾驶室

　　昨天购买的 Wi-Fi 十分不划算，上午用了 20 分钟就外出活动，下午回来后用了 10 分钟就断电，Wi-Fi 也没有了，宾馆总台早早就关门大吉，投诉无门，直到今日早餐时去找服务台人员，过了 10 分钟才连接上，而只有 15 分钟的时间就到 24 小时了。赶快发一条给各位亲友提早祝福中秋的节日问候微信，三条微信花了 75 克朗。

　　吃过早餐却有惊喜，在宾馆外的路边，发现一公一母两只驯鹿，正优哉游哉在吃草，赶紧拿上相机冲出去一顿狂拍。它们只管觅食，也懒得理我，我就慢慢选好角度再拍，单只的、成双的、彩色草地的、雪山做背景的，随心所欲拍了个够，心满意足，满载而归。

　　因为登船的时间安排在下午，今天上午还有半天的活动时间，所以我们集体参加了一个朗依尔一号冰川采集植物化石的半日徒步行的活动。

　　一位女导游背上猎枪牵着一条狗，带领我们徒步。原先计划说有车送我们的，后来车子要先送行李到船公司指定的地方存放，

我们只能徒步。要命的是原先准备放在车子的东西只能自己背上,都是石头路,还要往上爬,搞得个个汗流浃背。

导游见我们多数人实在行走困难,就不走这么远,就地解散让大家去捡石头,但不能独自走远,要在她的视线范围之内,以确保安全。其实内心很盼望有北极熊出现,但这种可能性微乎其微。

据说这里能捡到植物的化石,于是大家埋头淘宝。首先是导游捡到一块有植物脉络的石头,燃起大家的希望,果然不久,吴女士就捡到一块非常清晰半边树叶的化石,她本人惊喜不已,连导游也说这块石头很难得。但这样的好运是可遇不可求的。

下午3点半才正式登船,还有两个小时自由活动的时间,大家在小城自由闲逛。在一个泰国人开的商店发现有快食面卖,赶快买了八包补充,因为带来的食物都吃完了。

下午3点半,船公司派车把我们送到码头,红白两色的"探险号"整装待发。上船了!终于告别了有了上顿没下顿"饥寒交迫"的日子,在船上过上安定而舒适的小日子。

我们与老赵夫妇同住2层甲板的210房,两张"碌架床",独立卫生间。半个世纪前在附中读书时,我曾与吴女士同住一间寝室,仿佛时光倒流,回到当年青葱的学生时代。

我们乘坐的这条6 334吨"探险号",破冰1B级,据说与著名的"雪龙号"同级。船长105米、宽18.6米,载客134人,船员53人,船籍是丹麦的,由加拿大G-adventure公司经营。这次差不多满员,有来自19个国家和地区的共128名客人,除了18个中国人,其余都是澳大利亚、德国、英国、加拿大等西方国家的,澳大利亚以34人独占鳌头,英国27人紧随其后,我们中国荣获第三名。旅客中男性49人,女性79人。

晚上9点,"探险号"离开朗依尔,奔向北冰洋!

第一次登陆北极峡湾

日期： 2014年9月6日
天气： 阴雨转小雪
图示： ① 曾经是世界最大的捕鲸基地 ② 海里跳跃的鲸鱼 ③ 贼鸥

昨晚是行程以来睡得最香的一夜，虽然睡的是久违了的"碌架床"，但是一夜无梦到天亮，如果不是先生的手机闹钟惊醒，也许还能继续香睡。大概是上了船，安定了，心无牵挂，加之奔波了十来天确实也累了。

早餐继续有惊喜，品种多，合心意，还有稀饭配叉烧肉片和鸡蛋，让人食欲大增，这些应该是船方专门为我们中国人准备的，细微之处，可感觉中国游客的待遇提高，也是中国地位的提高的结果。

早餐后不久，船上广播说前方海里发现"Animal"，绝大部分英语早就还给老师了，个别散装单词还是有印象的，这就是说海里发现鲸鱼或海豚之类的动物。赶快抄起相机冲到甲板，确实看见鲸鱼灰黑色的背鳍，最清楚的一次就在舷边，露出很大的背。来不及穿厚衣服，冻得有点受不了了，只好先回舱室，把拍摄任务交给先生完成。先生果然不负厚望，拍到10来张看见鲸鱼背鳍的照片，为鼓励他拍照的积极性，给他记功一次，哈哈！后来晚上船方贴出一张今日公告，原来早上看到的是大名鼎鼎的杀人鲸！

上午9点钟，船方召开全体大会，主要是讲登陆上岸所要注意的事项，除了每人配发了一件大红色的冲锋衣，还借用一双高筒水靴。

①

午餐后一点半,"探险号"停在一条巨大冰川的前面,准备第一次登陆,大家全副武装,从头到脚包裹得严严实实,在这个过程中,也弄得一身大汗而叫苦不迭。

终于轮到我们登上橡皮冲锋舟,不过几分钟,我们就上了这个北纬 80 度,位于 Magdalenefjord 峡湾的 Gravneset 小岛。与南极第一次登陆相同,北极的第一次登陆也是一个雨雪天气,小雨下着下着就变成了小雪。这个小岛在 17 世纪时是个捕鲸基地,1800 年时关闭,有一块铜牌记叙了这一段历史。人类捕杀鲸鱼已有 2000 多年的历史,到 16、17 世纪达到高峰,我们今天登陆的这个小岛,就是当时世界规模最大的捕鲸基地之一。

按照北极探险旅行的有关规定,每到一地,都是船上的志愿者率先登陆,插上红旗指示不能逾越的范围,还有志愿者背着步枪四处巡逻放哨,既是为了保护游客,也是为了保护当地的环境。而对游客的要求,就是除了脚印,什么都不能留下,除了影像,什么都不能带走。

小岛附近有好几条冰川,规模挺壮观,可惜天气欠佳没有光线,朦朦胧胧的。没有

看见北极熊,却看见很多"北极红",那是我们穿红色冲锋衣的极友们。

上船后 6 点有个会,我们派老赵当代表去参加,老赵回来后传达,明天是"熊日",船方全力搜熊,希望好运,大家能亲眼看见这些北极之宝。

被誉为"北极之王"的北极熊,是北极最具代表性的动物,它一身白色的皮毛憨态可掬,体形硕大,这种陆地最大的食肉动物,令人既喜爱又惧怕。北极是北极熊的主要生活地区,来到北极,第一个心愿就是能够看见北极熊。然而,这个愿望并不是来到北极就一定能够实现的,因为随着全球气候的不断变暖,北极浮冰的不断融化和食物的不断减少,北极熊的生存环境受到严重威胁,北极熊不断往北边更冷的地方迁徙,它们在人类能够到达的地方出现越来越少,因此,到北极旅行,能够亲眼看见野外生存的北极熊,也是非常不容易的。

听说几年前在朗伊尔城里突然出现了一头北极熊,饥饿使它用其厚实的手掌拍死了一个女孩,在它再次进入 100 米法定危险范围的时候,人们开枪射杀了它。研究北极熊的教授们对它的尸体进行了解剖,才发现这头北极之王,已有半年没吃到一点东西,瘦弱到不成样子。昔日的北极之王,现已沦为濒危动物,如果再没有良好的保护措施,灭绝也只是时间问题了!

131

在茫茫冰海中
幸运看见一只可爱的北极熊

日期： 2014年9月7日
天气： 少云
图示： ① 观赏北极熊 ② 茫茫北冰洋 ③ 一只活泼可爱的北极熊

今天真是美妙而快乐的一天！因为一群"北极红"，终于看见了一只北极熊！北极之旅两大心愿，顺利完成了一个。

昨晚"探险号"停泊在一座山下过夜，早晨8点启航，开始今天的寻熊之旅。

吃过早餐，大家早早换上冲锋衣，带上相机，做好一切准备，等待广播通知，时刻准备冲出舱外去拍北极熊。

带着急切的心情，很多人不等广播响起，就迫不及待跑到舱外的船头和驾驶室顶甲板，占据有利的位置，尽管外面很冷，寒风刺骨。

海面的浮冰越来越密集，越来越大块，具备了看见北极熊的条件。不久，船方负责瞭望找熊的一位志愿者，在密密麻麻的浮冰中，就看见了北极熊的踪影，这时大约在北

①

纬80度5分、东经11度20分的位置。

当大家还在茫然四顾之时，志愿者给大家指示了北极熊的方向，有人干脆把相机交给她拍，果然在白色的冰块中，拍到一只小小的略带米黄色的北极熊，它正趴在冰块上向我们眺望。船越靠越近，北极熊也越看越清楚，这是只成年不久健硕的熊，估计是头公熊，单独出来不是觅食就是寻偶。

这只被我取名为"乖乖熊"的北极熊，看见一只红色的船，还有一群穿红衣服的人，也开始兴奋起来，它站起来伸了个懒腰，张口打了个哈欠，也慢慢向我们靠近，跨过冰块时十分灵活，一跃而过，在冰块上走来走去，有时又坐下来东张西望，看见一堵冰墙又企图爬上去，滑下来又爬，有时又躺到冰上打几个滚，总之动作多多，很有明星范儿，很招人喜爱。

船长驾驶得也十分熟练，根据北极熊的走动不断调整船的方向，使大家在不同的角度都能拍到比较满意的照片。

零下5度的天气虽然寒冷，但大家热情高涨，唯一难受的地方就是手指冻得僵硬，完全不听大脑指挥，快门很多时候也按不下去，错过一些看到而拍不到的镜头。回来清点成果，还是很有成绩，有些照片把北极熊与飞鸟拍到一起，实属难得。

下午继续寻熊，破冰船一直走到北纬80度27分的地方，仍然没有北极熊的踪影，船调转头往回走，一路上只能有飞鸟拍飞鸟，有冰块拍冰块。下午有一个北极熊的讲座，话虽听不懂，但看图总能明白，看看各种各样北极熊的照片，也开开眼界。

上船后还认识一个来自香港姓黄的先生，40来岁，从事电脑行业工作，他是个另类的旅行者。据他自己说，20年来总是独自一人出游，工作挣到一笔钱就出去，一走就是好几个月，钱花完了又回去挣，如此循环往复乐此不疲，因此他也不结婚成家，一人吃饱全家不饿，全球潇洒逍遥天下。这次他已经出来4个多月，从海参崴乘火车到莫斯科，游完俄罗斯又游波罗的海三国，游过挪威来北极，最后游完冰岛再回香港，预计花费2万美金。对于他来讲，旅行是人生重要的部分。他还有个人网站，他打开手机让我看了一下，内容十分丰富，我保存他的网址，准备回家后好好欣赏一下。

人生百态、百态人生，有句话说：读万卷书不如行万里路，行万里路不如阅人无数。其实人生读书、旅行、阅人都不可偏废，都能从中学到、悟到许多知识与人生的真谛，世界有多精彩，人生就有多精彩！

在北极过了一个看不见月光的中秋节

日期： 2014年9月8日
天气： 多云
图示： ① 登陆 Texas Bar 岛　② 独自一人来北极旅行的老太太　③④⑤ 巡游摩纳哥冰川

　　今天是农历八月十五中秋节，对华人而言是个花好月圆、阖家团圆的重要节日。这已是我在国外旅行过的第五个中秋节。1996年在美国夏威夷、2000年在莫斯科、2010年在美国洛杉矶、2012年在加拿大洛基山脉，今年是在北极，也是第一次在浩瀚的大海上过中秋，真正体会到了"海上生明月，天涯共此时"，"但愿人长久，千里共婵娟"。不知今晚在海上能否看见一轮明月？

　　今天上午登岛，冲锋舟把大家送上Texas Bar岛，岸边山坡上有一间标明Texas Bar的鲁滨孙小木屋，里面有柴火、煮食的工具，还有一张床，听说这是给前不着村后不着店的路人准备的。风雪夜归人，何处可栖身？冰天雪地在小屋点起炉火暂时栖身，是何等的温暖。里面还有一个留言本，随便写了一句："中国一行14人到此一游，2014年9月8日中秋节。"在遥远的

②

极地,留下一点中国人的痕迹。

山坡上开着簇簇黄色、紫色的小花,还有橘黄色的苔藓,给寒冷的雪山冰川增添一抹亮色。

看见同船有几位白发苍苍的老奶奶,颤颤巍巍拄着拐杖上山来,听说她们已经80多岁了,而且还是独自一人出来旅行,她们不喜欢别人主动去搀扶她们,表现得十分自尊。

北极和南极的极地旅行,不同于一般的旅行,带有探险性质,对身体状况要求比较高。比如说在颠簸的风浪中上下冲锋舟,穿戴繁重,走路都要比平日累赘得多。而这些80多岁的老奶奶,却如此自信,独自一人走天涯,让人不得不敬佩和叹服。这就是东西方人生观念的不同,中国人讲究养老,老了就要养起来,而西方人很任性,不管多老,喜欢折腾,80岁高龄的老奶奶,还用高空跳伞庆祝生日呢!与这些耄耋老人同行,更加激发我们的勇气和自信。年龄,不仅是生理的,更是心理的。一个人想过什么样的生活,由自己做主,与岁月无关。追梦圆梦并非年轻人的专利,努力追求自己的梦想,实现自己的愿望,哪怕已经80岁。

午餐过后稍事休息,然后乘冲锋舟船游摩纳哥冰川。这个以国家名字命名的大冰川,源于20世纪80年代,因当时的摩纳哥王子埃尔伯特二世来此探险旅行而被命名。

观赏雄伟壮丽的冰川和浮冰,就像观赏大自然神奇之手创作的冰雕艺术品,形状多姿,没有一块是相同的。运气好的时候,

③

还能看见冰块脱落掉到海中扬起的雪雾和水柱。

在这里找到了一些南极的感觉，只是南极的冰川和冰山更为宏伟壮观。

Leifdefjord 峡湾这里在冬天的时候是封冻的，只有到了夏天，冰层融化了，船只才能进入。

除此以外还看到不少的鸟儿和海豹。峡湾的水下有着丰富的鱼类，为鸟儿和海豹提供了充足的食物，今天还拍到两只鸟和两只豹。鸟是前天上岛拍到的那种，后来据船上张贴的鸟类图片和英文说明，考证这是贼鸥，站立在冰上好看多了。还拍到两张张开翅膀正欲飞翔的照片，极地冰雪飞鸿，充满动感。

两只海豹则在冰海之中潜潜浮浮地和我们玩捉迷藏，一会儿潜下水，一会儿露出个

头,有时近得连它的胡须挂着水珠,都看得清清楚楚。几条冲锋舟对海豹实施包围战术,男女老少都成了孩童,看到海豹出现就惊呼连连,喜不自禁,在大自然面前,人最容易恢复本真。

在南极,我们曾经捞冰泡茶,到了北极故伎重演,老赵捞了一块冰,说要带回船上煮水泡茶,看看南北极冰块泡茶有什么差异。海水是咸的,可是不论南极还是北极,冰块却是淡的,冰块放在淡水里融去表层,再把它煮成开水泡茶,那茶香氤氲,味道真是好极了!

晚餐后9点,我们14人加上北京来的袁女士、曹女士和哈尔滨来的王先生,一共17个中国人,在会议室举行中秋晚会。带了月饼的把月饼拿出来与大家一起分享,会跳舞的跳舞,会唱歌的唱歌,来自哈尔滨的王先生最活跃,50多岁的人身手矫健,看来颇有功底,他大显身手,蒙古舞、西藏舞、东北秧歌轮番上阵,获得阵阵喝彩,连在旁看热闹的老外也鼓起掌来。大家热热闹闹地在北冰洋上过了一个虽然没月亮但是依然难忘的中秋节。

今晚看不到月光,舷窗外看见小雪飘飞,相信国内的亲友们,一定过了一个快乐的中秋节。"举头望明月,低头思故乡,"虽然我们在北极过了一个无月的中秋节,但依然拥有快乐的心情。向国内的亲朋好友们遥致问候和祝福!年年岁岁,"但愿人长久,千里共婵娟"。

至此,北极斯瓦尔巴的全部行程已结束,"探险号"将用两天的时间横渡格陵兰海,向世界上最大的岛——格陵兰岛靠近,期盼精彩继续、收获更大!

① 落日晚霞

风浪中横渡格陵兰海

日期： 2014年9月9日
天气： 阴转晴
图示： ① 落日晚霞

"探险号"驶出峡湾后横渡格陵兰海，开始感觉有风浪了，船摇晃起来，有时还比较强烈。吃早餐时，感觉来就餐的人明显少了，恐怕有人开始晕船了！出外旅行，风平浪静也是一种幸运和享受。

今天活动的主要内容就是听讲座，上午是关于格陵兰的地质和鲸鱼的讲座，下午是水鸟的讲座，听不懂也不要紧，主要是欣赏图片。下午的第二个讲座主要介绍格陵兰岛的基本情况。

欧洲国家丹麦，拥有一个比它本土大得多的北美洲领地格陵兰，格陵兰面积达到216.6万平方千米，海岸线更是长达35 000多千米，为世界第一大岛。境内大部分处于北极圈内，这里81.7%的地方都被冰雪覆盖。鼎盛时的格陵兰居民点有280多个，人口达数千人，但大多在东南部相对温暖的地方，2010年我们就曾乘坐"星辰公主号"邮轮登陆格陵兰南部的克格尔顿小镇，而我们这次探险旅行的，却是荒无人烟的东北格陵兰国家公园，那里是世界最大的国家公园。

在世人的目光中，格陵兰依旧是一个封闭和神奇的地方。这里有炫目的北极光和神秘的因纽特人，有大量特有的野生动植物，更有奇异的地形地貌、冰川雪原和极昼极夜的气候条件，这一切都强烈吸引着好奇的旅行者。希望我们的这次格陵兰之行，对这个神秘的地方有更多的了解。

下午天气阴转晴，傍晚时分天色越来越漂亮。甲板上天气依然很冷，我站在甲板上待了近2个小时，手脚冻得发麻，仍然舍不得离开，直到10点钟太阳沉入大海中。

终于看见了北极的月亮

日期: 2014 年 9 月 10 日
天气: 多云转晴
图示: ① 丹麦的军舰

今天继续向格陵兰进发,上午从航海图看,已经靠近东北格陵兰的海岸。

今天上午有两个讲座,第一个是讲摄影基础知识,第二个是讲北极的气候。

中午休息时,船上广播海上有冰山。出去看看,已经看到格陵兰的海岸,海上漂浮着数块方方正正的浮冰。

下午3点放映BBC出品的电视节目《冰冻星球(第三集)——夏天》,这是一辑非常精彩的有关野生动物在寒冷极地的生活纪录片。5点的讲座讲格陵兰的历史。

傍晚时分,"探险号"停靠在一个峡湾内,不远处有一个疑似小镇的地方,因为附近有一艘挂着丹麦旗的军舰,所以不知是否是军事基地。

今天的晚霞也不错,雪山上空挂着金黄的夕照和绯红的云霞,也蛮好看。

前天和昨天晚上都没有看见月亮,今晚终于看见了!雪山后一轮明月冉冉升起,起初有云彩遮挡不甚清晰,后来越来越清晰,并变成金黄色的,又大又圆,弥补了中秋无月之憾。

最后有一个较为刺激的消息,老邵打听到,根据今晚月亮的情况,半夜里有可能出现北极光。如此爆炸性的消息令大家兴奋起来,大家赶快调整相机,装上脚架,衣不解带地入睡,进入"备战"状态,一旦有消息立刻起床去追拍北极光,若能如愿看到北极光,实现北极之旅的第二个愿望,这次旅行就超值了!但愿好人好梦,梦想成真!

实现与神秘北极光约会的心愿，第一次登陆格陵兰岛

日期： 2014 年 9 月 11 日
天气： 多云
图示： ① 第一次与北极光相遇 ② 东北格陵兰国家公园 Dead Man's Bay 小岛
③ 漂亮的北极狐 ④ 国家公园警察基地

行程还没有过半，就已经实现了北极之旅两大愿望——看见北极熊和北极光，心情之快乐，无以言表！

极光绚丽多姿，五彩缤纷，变化无穷，在自然界中还没有哪种现象能与之媲美。任何笔墨都很难描绘出它婀娜曼妙、变幻莫测的炫目之光。

秋冬时节是观赏北极光的好时光，从 9 月开始，在北极圈及其附近的地方，北极光的能见度也越来越好，所以我们的北极之旅能看到北极光的概率大增。

昨晚入睡不久即进入梦乡，12 点钟，"嘭嘭嘭"的敲门声突然响起，这是事先与老邵约好的。晚上他不睡觉值班，如有北极光他负责通知我们。大家立刻从床上跳起来，迅速穿衣戴帽，抄起相机冲出舱外，跑上驾驶室顶层甲板。只见一道绿色的北极光像飘带一样飞舞在半空中，漂亮极了！可惜因为船上照明的灯光太强烈而影响了拍照，大家连忙转移阵地，下到船头主甲板，减少

了灯光的影响,各显神通,纷纷开拍。

今晚北极光不但漂亮,而且比较低,有雪山和海湾做前景,还拍到北极光的倒影,十分好看!北极光来无影去无踪,强度和形态也是瞬息万变,一会很清晰,一会开始模糊,一会是带状,一会又变成散状,就像一个调皮的孩子在玩躲猫猫,引得人心痒痒。北极光出现了大约40分钟后消匿在茫茫夜空,唯有一轮明月和众星星依然悬挂在空中闪烁。

能拍到北极光,首先要感谢船上一位澳大利亚籍的志愿者小伙子,是他提供的信息。他信誓旦旦地说,根据今晚月亮的天气情况,半夜里一定会有北极光。其次要归功于老邵,他不但打听到消息,还自告奋勇去值班并及时通知大家。我总是说老邵是个"包打听",他尽管不懂外语,可是总能打听到不少有用的信息。老邵是个另类的旅行者,他连拍照都很少,总是默默用眼睛看,用心灵感受,所以我常说,老邵已修炼到旅行的最高境界!

上午9点多开始准备格陵兰岛的第一次登陆,范围是东北格陵兰国家公园Dead Man's Bay小岛。

Dead Man's Bay小岛是个荒岛,岸边有间小木屋,门顶和墙上挂着一个类似牛头动物的头颅标本,海滩上到处是大大小小的鹅卵石,有泥土的地方长着很多红色的小草,连成一片也很壮观,衬托雄伟的雪山,洋溢着生命之美。小河流水哗啦啦,上面凝结成薄薄的冰层,很多冰层上面还有好看的冰花。

在河滩上发现很多鸟爪印子和羽毛,还有一堆堆野兽的粪便,相信这里野生动物和鸟类一定不少,不过我们来拜访它们的时间可能不对,就算时间对了,它们看见突然间涌进一大片的"北极红"也会吓得落荒而逃了!

同船有一位胡子花白的仁兄,脱了衣服跳到海水中,泡了泡北极水后又迅速上岸,这也是挑战自我,体验一下在北极游泳的滋味。我想如果船方组织这样的活动,我再报名参加一次,南极北极都下水游泳,也是很棒的人生体验!

下午"探险号"又折回昨晚停泊的

③

Daneborg 小镇，并且用冲锋舟接驳登陆。原先以为这是个军事基地，原来这是个国家公园的警察基地，里面有 12 个警察和几十只高大威猛的北极狗。这些狗见到这么多陌生人来看望它们，十分兴奋，又叫又跳，不过全是用铁链子锁住的，众人各自选择心仪的狗合照留影。听介绍，每年冬天冰天雪地之际，警察乘坐狗拉雪橇在国家公园里巡逻，一直巡到加拿大边境，往返一趟要半年时间，全程近 4 000 千米。

在这个基地，我们参观了养狗场和其他设施，对东北格陵兰国家公园的情况有了一些了解。有一点遗憾的是，我们早些乘冲锋舟回船的人，错过看见北极狐的机会，他们晚回来的人，竟然看见了一只雪白的北极狐。希望在接下来的几天里，能看见更多北极的动物和鸟类。

我们今天登陆的这个东北格陵兰国家公园，是世界最大同时也是世界游客最少的国家公园，很难得去探访一次。它被旅游机构评为与美国大峡谷国家公园、加拿大班夫国家公园、澳大利亚大堡礁国家公园、阿根廷／巴西伊瓜苏国家公园、厄瓜多尔加拉帕戈斯国家公园等世界著名的国家公园齐名的最有价值、最美丽的国家公园。与那些国家公园相比较，东北格陵兰国家公园展现的是雄浑苍凉寂静的另类美，更加值得来一次。

④

登陆国家公园徒步活动，
甲板上品尝烧烤大餐

日期： 2014 年 9 月 12 日
天气： 雨夹雪
图示： ① ② 登陆峡湾小岛　③ 甲板晚宴

今天"探险号"驶入 Kejser Franz Joseph Fjord 峡湾，大块的冰山开始多起来，并且很多都是蓝色的。

上午船方组织一个徒步活动，根据路程远近分快、中、慢走和沙滩漫步四档。我们和老赵夫妇及宋女士 5 人，报了沙滩漫步。反正老外说什么也听不明白，干脆搞个自由主义。

今天上午天气不太好，起先下小冰雹，后来又下雪，四周朦胧一片，能见度欠佳。

船快到 Renbuken 登陆地点时，突然发现两边山上出现几只黑色的动物，从体型看应该是麝牛，距离实在有点远，拍得不太清楚，只是有个轮廓而已。

探路的冲锋舟一靠岸，麝牛就落荒而逃，很可惜未能近距离看清它们的真面目。"徒步快走"组首先登陆，我们"沙滩漫步"组最后，上岸后看见很多牛粪，证明麝牛经常到这里活动。有人问外国朋友，这些牛粪是否新鲜，认真敬业的他们竟然用温度计去测量牛粪的温度，真是令人啼笑皆非。

我们组的领队还找到两个麝牛的牛头骨给我们参观。另外，在坡地上还有蘑菇、地衣、野花、野草，雪花飘挂在上面，也是很好看的。

海边有两只海豹浮浮沉沉，南极的海豹，除了下海觅食外，大都在冰上叹世界，只要遇到了随便拍；而这里的海豹是神龙见

①

首不见尾,总是露个脑袋引诱别人。

下午是冲锋舟巡游。在 Gerard De Geer 大冰川前的峡湾里,有很多大块的浮冰,上面落满了白雪,天气渐渐好转,冰川上方的山上有了一块光亮,天空部分露蓝,下雨后雪山有了飘带似的云雾,宛如仙境一样让人心醉。某些地方的倒影十分清晰漂亮,就像南极的天堂湾再现。冰上有鸟傲视,海里有豹遨游,景色真好看!

这次我们上的冲锋舟除了我俩其余都是外国朋友,但驾驶冲锋舟的外国朋友很友好,两次主动为我们合影拍照。

晚餐在船尾甲板露天开烧烤大餐,食物丰富,猪肉、牛肉、羊肉都有,还有海鲜大虾、三文鱼,就是蔬菜太少,也不敢多吃烧烤的肉类,以免上火。边烧烤边吃,新鲜热辣,天气冷冰冰,食物热烘烘,亲身感受冰火两重天。

明天上午继续安排登陆徒步活动,连老奶奶们都不报自由漫步,我们更不好意思继续自由主义,连跳两级到中步组,准备大显身手!

②

③

风浪太大，取消登陆活动

日期： 2014 年 9 月 13 日
天气： 晴转少云
图示： ① 海上晨曦

①

今早是个晴好的天气，立功心切的老赵，5 点多就起床到甲板去拍照，拍到的日出，非常漂亮。我们随后赶到，冲上甲板，也拍到不错的照片。

天气虽不错，但风浪也挺大，"探险号"寻找风浪较小的地方停泊。寻找了很多地方，风浪依然很大，不具备登陆条件，10 点半时船方召开会议，宣布取消今天的登陆和巡游活动。

上午的讲座讲北极自然环境下的野生动物，下午讲北极光的形成和拍摄注意事项，船方很有信心，在未来几天中会遇到北极光，这是个振奋人心的好消息，但愿如此！

从今天开始，这几天晚上都要做好北极光出现的快速反应准备，临睡前就要把三脚架支好，把相机调整到拍极光的参数，一旦有敲门声，立马冲出去开拍！

进入世界最长的峡湾冰海巡游

日期： 2014 年 9 月 14 日
天气： 多云
图示： ① 冰海巡游"探险号"破冰船

今天凌晨12点45分，夜半时拍门声再次响起，大家条件反射地跳起来，穿好衣帽冲出去。船往南边开，北极光一定在船尾。到了船尾甲板，酒吧里还有许多人，音乐会曲终人未散，甲板也有不少人在讨论北极光的美，还有些没有带三脚架的外国人，干脆躺在甲板上对着天空开拍。据老邵说，有一瞬间北极光很大很强烈，可是稍纵即逝，我们只看到了淡淡的"尾巴"。其实昨晚天气条件并不好，云层很厚，看不到也属正常，后面还有机会，每天都有希望。

"探险号"正驶入世界最大的峡湾 Scoresby Sund，这个峡湾长达 350 千米，据说四周有许多野生动物和鸟类，计划明天将要参观的因纽特人村庄 Ittoqqortoormiit 小镇也位于这个峡湾内。

今天上午除了一个捕鲸的讲座以外，其余的时间都在会议室里聊天，看见有大块和特别的冰块飘过，就跑出去拍拍照。

午餐后休息1个小时，冲锋舟巡游。这是整个行程巡游中天气最好的一次。可见蓝天白云，加上阳光明媚，海中的冰块更显漂亮，不同方向有不同的形状，有不同的颜色，除了白色，还有蓝色、黑色，更有黑白相间纹理如大理石一般的，很有质感。有大孔洞的，两艘冲锋舟在洞的两边，你是我的风景，我也是你的风景，重现南极的一幕。

今晚会议室放映 BBC 的电视片《冰冻星球——秋天》，片子拍得十分精彩，那些五彩缤纷的秋色与众多生气勃勃的野生动物相得益彰，令人赏心悦目。

①

登陆 Hurry Inlet 岛，参观因纽特人的村庄

日期： 2014 年 9 月 15 日
天气： 少云
图示： ① 登陆 Hurry Inlet 岛　② 风浪中登陆因纽特人村庄　③ 因纽特人

昨晚再次邂逅神奇美丽的北极光，按照天黑前的天气情况，似乎不太可能出现北极光，但是一切皆有可能，所以临睡前还是做好一切准备。

刚入睡不久，11 点 45 分敲门声响起，不用问肯定是北极光又光临了。冲上尾部甲板，已经有不少人在拍照，这次北极光虽不如 10 号那天那么清晰，但是用肉眼能看见，也用星光模式拍到几张。心满意足回去睡觉。

今天是北极行程有活动内容的最后一天，上午安排登陆 Hurry Inlet 岛，预告说可能看到北极狐。

今天风浪有点大，登岛后风越刮越厉害，看见两条小冰川、小水塘，遍地接近枯萎的地衣和苔藓。秋天来了，冬天也不远了！

北极狐没有出现，但捡到一个手指长的动物颌骨，不知是否是北极狐的骸骨，上面有 6 颗牙齿，除一颗是尖牙外，其余 5 颗洁白的牙齿像一朵朵三瓣的小花朵，造型奇特而又好看，带回家做个北极的纪念品也不错。

今天的重头戏是探访因纽特人村庄。生活在北极地区的因纽特人，又称爱斯基摩人。据称他们的祖先最早大约 10 000 年前来自西伯利亚，经历了 4 000 多年的两次大迁徙，来到北极圈内外居住。格陵兰岛是因纽特人居住的主要地区，经过数千年的进化，尤其是从 20 世纪 20～70 年代，昔日极度封闭的因纽特人也慢慢受到现代文明的影响，开始从四处散居进入固定村庄定居并开始新的生活方式。到 20 世纪 70 年代末，已经有 70% 的因纽特人住到固定的村庄。今天我们要去参观的因纽特人村庄,就是他们在格陵兰一个较大的聚居社区。离开故土上万年,现在的因纽特人究竟生活得怎样?

下午"探险号"来到Scoresby Sund峡湾入口处的因纽特人村庄——Ittoqqortoormiit,停泊在村庄几百米外的海面上。对面村庄五颜六色的木屋近在眼前,阳光灿烂,但风浪依然很大,冲锋舟反复试水,后来船上广播说,因为风浪太大,是否上岸请各人自己决定。如此一来,说明具有一定的危险性,不少人心理有了压力,觉得还是不去为好,先生和吴女士也是持这种观点。我则表态,只要冲锋舟敢开我就敢上,无非是被大浪再浇个落汤鸡而已。再说北极整段行程,也只有这个点是唯一的人文景观,值得去看看。终于说服了先生,老赵也表态要去,吴女士只好与我们共同进退了!

平常冲锋舟装载10个人,这次只载6~8人,到了岸边,只见四五个工作人员站在齐腰深的海水中帮助稳住冲锋舟扶乘客上岸,海浪一波又一波袭来,时间差一旦掌握不好就要湿身,很不幸又一次中招,被海水灌进一只靴子,只能穿着湿鞋上岸参观。

这个村庄是格陵兰岛著名的景观,很多地图,尤其是游览地图上都标有它的名字。一看见这里的居民,无论男女老少,一股亲切感油然而生,因为他们的模样,实在太像中国人。

进入现代文明的因纽特人社区,已是格陵兰尤其是东北格陵兰的著名旅游点,有游客中心,有旅游接待用的、编了号的一排排的小木屋,社区内有超市、邮局、教堂、学校、儿童娱乐场,等等。还有一个小小的博物馆,用图文介绍村庄的情况,门口还站着两个穿着民族服装的男女青年。大街上还看见汽车、摩托车等现代交通工具,玩耍的小孩骑着单车、踩着滑板……

走到镇子尽头,远远看见悬挂的许多小旗子,走近一看是马来西亚国旗,原来是同船的一位马来西亚游客在搞募捐活动。这位游客自称是马来西亚登山队的组织者,不久前发生的珠峰雪崩埋葬了14位夏巴族向导的事件,他就在现场。

这里的因纽特人信仰基督教,小小的教堂里面装饰得很漂亮,上方悬挂着一条帆船,不知是否是纪念其祖先乘船迁徙到此地之意。

邂逅最漂亮的北极光

日期： 2014 年 9 月 16 日　**天气：** 多云
图示： ① 北极光

①

昨晚幸运再次眷顾我们，看到了迄今为止最大、最强烈、持续时间最久的一次北极光！

从昨天下午离开峡湾进入北冰洋开始，船开始摇晃，而且相当厉害，拍照用三脚架曝光 30 秒恐怕是很难完成的任务，所以尝试用新的拍摄方法，采用手动 M 档自定 ISO 的方法。

半夜 12 点 35 分，尽职尽责的老邵又来敲门，在强烈摇晃的情况下，先生和吴女士都明确表示不去了，我和老赵义不容辞奋勇前往。

到了 5 层甲板右舷打开门一看，哇！又大又绿的北极光在天空飞舞，但船颠簸得很厉害，大风吹得人站立不稳，机不可失，时不再来，赶紧靠着栏杆扎稳马步开拍。由于这次北极光持续时间长达一个多小时，所以有时间从容实践，也收获几张自己认为不错的照片。

今天有三个讲座和一场电视，参加的人不多，不少人在晕船中昏昏欲睡，苦苦挣扎，包括刘女士、叶先生等人几顿都没有吃什么东西了！

下午"探险号"就已经驶出北纬 66 度，也就是说离开北极圈了，进入冰岛地域，能看见附近的岛屿。因为今天没有安排活动，而且风浪大，很多人干脆就睡觉，养精蓄锐等待晚上北极光的再次光临。

今天晚餐餐厅正面悬挂着格陵兰旗和中国五星红旗，餐厅上空还有许多三角彩旗和中国红灯笼，食物有扬州炒饭、广东风味猪肉等，可惜的是正处于晕浪期的人们，食欲全无，大多用稀饭打发了！

晚上会议室正在放映电影，10 点多，广播响起，告知大家北极光再次光临。大家

各自回房间拿起相机冲上尾部甲板。

今晚的北极光远没有昨晚强，但持续时间也颇长，由于先生的佳能 7D 出动，我省了不少心，随意拍拍，7D 果然不同凡响，拍出来的北极光不但有绿色，还有紫色，像火焰燃烧一样，漂亮！

对于北极光，老外大都欣赏一番、拍几张照片就打道回府了，剩下来的基本上都是中国人。到 12 点左右，我们也去会议室喝一杯牛奶、吃几块饼干，回到房间精神还很好，毫无睡意，干脆把日记写完再睡觉，今晚可以睡一个安稳觉了！

到达雷克雅未克

日期： 2014年9月17日
天气： 阴转小雨
图示： ① ② 到达冰岛首都雷克雅未克

经过13天的长途跋涉，"探险号"今天上午来到本次航行的终点——冰岛首都雷克雅未克。想起4年前也是在9月份，我们乘坐"星辰公主号"邮轮曾经来过这里，但由于当天风浪大，邮轮无法靠岸登陆，只能隔着几百米的距离眺望雷克雅未克而抱憾离去。但是如果没有当年的遗憾，也许就没有今天的冰岛深度游了！

上午船方召开一个离船说明会，把有关事情交代清楚。中午餐后，可离船上岸去逛逛雷克雅未克。因为今晚还要住在船上，明天晚上入住酒店后才能有网，所以上岸还有一个任务就是找地方"蹭网"，发微信报平安。

明天下船后安排的行程是蓝湖泡温泉和市内主要景点游，所以今天下船后随意走走。

首先来到市政厅旁边的"鸭子"湖，这个湖颇大，有许多白天鹅、野鸭和海鸥等水禽，看到有人过来就飞过来等待喂食。湖边有各种颜色的房子，最醒目的是湖岸一座绿

①

色的教堂和高坡上白色的教堂，白色教堂应该是有名的哈尔格林姆教堂。

后来走到冰岛大学前面，又绕湖往回走，始终没有找到可以"蹭网"的地方，倒是看见了邮局，赶紧进去买了几张明信片寄出。

快到码头时，看见一家咖啡馆，估计有网可蹭，拿出手机搜索一番，果然找到开放的 Wi-Fi 信号，立刻把写好的微信发出去，一分钟后就收到老同事曾女士的反馈，国内正是夜半三更，"夜猫子"还没有睡觉。

蹭了网很有成就感，心满意足地回到船上，并将"蹭网"消息告知老赵，几天前他就念叨着上岸后要去"蹭网"，他听说后马上下船跑去"蹭网"，下载了新闻后高高兴兴回来。

最后的晚餐我们 17 个中国人坐了两桌，中国探险协会的老总打来电话，让小袁买几瓶葡萄酒犒劳我们，红白葡萄酒各两瓶，大家合照留念，举杯同庆完成了一次难忘的北极之旅。后来王先生有点喝多了，不但话越来越多，还手舞足蹈起来，并拉外国朋友与他共舞，引得众人哄堂大笑。

每次行程都会留下许多记忆，无论是风景还是人，人生就像乘坐长途车，不断有人上上下下，能在某一空间或时段相遇，都是有缘之人。祝福我们所有有缘人，一生平安幸福！

北欧北极之旅第三站——冰岛

日期： 2014 年 9 月 18 日
天气： 阴雨
图示： ① 冰岛首都雷克雅未克　② 国家音乐厅　③ 哈尔格林姆斯大教堂　④ 蓝湖　⑤ 珍珠楼

　　经过 14 天长途跋涉，2 500 千米的北极之旅即将结束，"探险号"破冰船终于来到航程的终点——冰岛首都雷克雅未克。今天告别蜗居了 14 天但充满快乐的"探险号"破冰船，开始本次行程第三阶段：环冰岛游。

　　"探险号"停靠的码头是雷克雅未克的老码头，几百年前第一批来自欧洲的移民就是在这里上岸，扎根这个冰火两重天的国度。今天我们则在这里上岸，开始探索环游这个奇特的国家。

　　早上 6 点多起床，收拾好行李，放到舱门外，等待工作人员搬到船下。吃过早餐后，就在船上四处走走，向生活了半个月的"探险号"做个告别。

　　终于到了说再见的时刻，同船共同度过 14 天美好时光，就要分手奔向世界各地的人们，依依惜别，互道珍重。在码头与旅行

②

社派来的导游小刘接上头，开始首都雷克雅未克市一日游。

小刘告诉我们，由于冰岛物价较高，团餐标准吃的简餐实在太简，除了雷克雅未克，别的地方绝无中餐可吃，所以公司希望把餐费发还给我们，各人丰俭自便。原以为冰岛包餐不用为吃饭操心，结果又回到挪威那种饥一顿饱一顿的状态，但是只要能看到好东西也认了，要吃好就不要出来了！

公元9世纪来自斯堪的纳维亚半岛的维京人，第一次来到这里，看见到处都在冒烟，就把这里取名为"雷克雅未克"，即冒烟的港湾之意。到处冒烟，是因为这里很多地热温泉和间歇泉。时至今日，这些有冒烟的热水大多用管道引流到各家各户去供热使用，只有市中心一个小广场还专门留有一处冒烟的热水泉，留作历史的记忆。因为使用的是清洁环保的地热能源，所以昔日到处冒烟的雷克雅未克现在是个无烟的城市，被誉为欧洲最干净的城市。

我们首先来到码头附近的国家音乐厅。这个曾在2008年因冰岛破产而烂尾，后来又重新上马，2011年落成的建筑，外形有点像水立方，其外立面是墨色棱孔状的玻璃组成，不同时间的光影可通过玻璃折射而变化。这座建筑的落成，也标志着冰岛走出国家破产的阴影。

国家音乐厅不远处的海边，有一艘船的龙骨雕塑，这条船是大名鼎鼎的维京海盗船，是最早发现和到达冰岛的人乘坐的。

以冰岛国父、著名文学家哈尔格林姆斯的名字命名的大教堂，矗立在一座山坡上，这是雷克雅未克市的第一地标。由于它管风琴形状的独特造型和所处位置，在雷克雅未克市任何方向都能看到。

　　这座从1940年开始动工，直到20世纪80年代才竣工，用了近半个世纪建造的教堂，内部却十分简约，线条拱顶，四周白墙壁，并无一般教堂的彩色玻璃。入门处有一架高达15米的巨大的管风琴，听说是德国赠送的。

③

　　教堂前广场的人物雕像，是为了纪念著名的冰岛探险家西格松而建的，他是第一个到美国探险的冰岛人，这尊雕像是1930年美国送给冰岛的礼物。

　　被称为雷克雅未克市"小白宫"的峰会楼的，则是海边一幢白色的房子，它曾经是法国驻冰岛大使馆的百年历史老建筑，因1986年举行过美国总统里根与苏共总书记戈尔巴乔夫的世界两大巨头的会谈而闻名遐迩。当时两人在此就核裁军会谈，标志世界两大阵营冷战的结束。

　　珍珠楼也是雷克雅未克的著名地标，外形像半颗硕大圆润珍珠的珍珠楼，原先是一巨大的热水箱，原功能被废弃后，改装为一个集展览、音乐、观光、餐饮为一身的多功能场所，登上360度的观景台，可浏览雷克雅未克市远近风光。

　　完成市内主要景点的观光，来到今晚下榻的宾馆，这家位于公路边的北欧简约型宾馆，里面房间很大，还有自助烹调的设施。离宾馆几十米处有一家上海人开的"东皇酒楼"中餐馆，在久违了16天后，终于吃了一顿美味的六菜一汤的中餐。

　　午餐后开车去蓝湖泡温泉。蓝湖是冰岛著名的地热温泉景点，因温泉水呈现蓝色而得名。它的蓝不是一般的蓝色，而是加了牛奶的蓝色，它位于一处死火山上，地下有奶白色的矿物质泥浆，这种泥浆是美容护肤效果极佳的东西，而常年保持37~42度的温泉水，则对皮肤病有很好的疗效。蓝湖距离雷克雅未克不到一小时的车程，交通便利，因此来雷市的人，几乎没有不到此泡一泡的，蓝湖不但是欧洲、甚至是世界最受欢迎的温泉之一。

　　换上泳装跳入冒烟的蓝湖，浸泡在温暖舒适的泉水之中，每个毛孔都放松，感觉浑

身舒坦。来自世界各地的人们,在雾气氤氲中畅游放松。更有白色的泥浆任君使用,很多人把泥浆涂抹在脸上,像唱戏的大花脸,相互取笑,生怕吃亏的甚至把泥浆抹到脚上。后来在商场看到,这种泥浆做成的护肤品价钱不菲。泡了一个多小时,身心舒畅打道回府。

今天晚上终于有空有网,可登陆到久别了半月之久的博客去看看。预先做好挂发的每周一篇博客都已按时发出,许多朋友一如既往前来分享,也留下点评和祝福。虚拟的网络也有真实的感情,一个人生活在世间,离不开物质的需求,也离不开精神的满足。

明天早上将离开雷克雅未克开始环冰岛7天游,中餐馆老板说我们真会玩,他来冰岛十几年了,还没有环游过冰岛呢!彼此所处环境位置不一样,我们是来旅游的,当然要玩个痛快,而他是来谋生的,当然没有那么多时间和心情。但愿冰岛这一段走下来,也像前面挪威和北极一样,收获颇丰,让人生阅历留下更多难忘的记忆,也与亲友们有更多精彩的分享!

开始环游冰岛七日之旅，进入黄金旅游圈

日期： 2014 年 9 月 19 日
天气： 阴雨转多云
图示： ① 盖锡尔间歇喷泉 ② 黄金瀑布 ③ 牧羊瀑布

今早暂别雷克雅未克，进行 7 天的冰岛环游。在冰岛旅游，以南方北方划分的话，南方有一个黄金旅游圈，而北方则有一个钻石旅游圈，入选圈内的景点，都是冰岛旅游景点里最具代表性和观赏性的观光项目。今天走的是冰岛南方旅游黄金圈，在这个圈子里，有被评为世界自然和文化双遗产的国会山国家公园，有欧洲第二大瀑布——黄金瀑布，还有世界三大地热喷泉之一的盖锡尔间歇喷泉，这些都是来冰岛必游之地。

公元 930 年，在辛格维利尔平原上，冰岛历史上第一次召开原始议会，民众派代表一起商议国家大事，标志冰岛作为独立国家的开始。这个有 1 000 多年历史的古议会旧址，处于亚欧板块与美洲板块之间的山坡上，板块大裂谷左侧是美洲板块，右侧是欧亚板块，除了上面飘扬着冰岛国旗的一块作为当年议会讲坛的大石头，没有其他建筑记

载这段历史,因为各地来参加议会的古代冰岛人,他们都是带着帐篷骑马来,开完会把地方打扫干净又骑马离开。但这里被一代又一代的冰岛人视为圣地,还被联合国教科文组织评为世界文化与自然双重遗产。

世界上有许多间歇喷发的温泉,它们主要都是处于火山活跃区域,其中最著名的三大间歇泉,分别是美国黄石公园的老忠实间歇泉、新西兰罗托鲁亚的诺克斯夫人间歇泉,还有一个是冰岛的盖锡尔间歇喷泉。英文的 Geysir(间歇泉)一词就是来源于这里,冰岛的间歇泉是世界间歇泉最早有文字记载的地方,可上溯到 18 世纪。

盖锡尔间歇喷泉地面有很多冒烟的喷泉孔,并且不停地喷出高达 80~100 度的热水,其中最大的史托克喷泉最为壮观,每隔 8 分钟左右就会喷发一次,起先是"咕咕"的冒泡声,突然间"轰"的一声巨响,巨大的水柱直冲 20 来米高,可惜当天参观的时候是阴天,没有蓝天衬托,背景不鲜明而显美中不足。

离盖锡尔间歇喷泉不远的 10 千米处,是欧洲第二大、冰岛最大的断层峡谷瀑布,这个名为古佛斯的瀑布,又名黄金瀑布,上下两层的瀑布宽达 2 500 米,高 70 米,水流湍急,气势磅礴,犹如千军万马奔腾呼啸而来,腾起的水雾如同下雨,如果有太阳的时候,就会布满金光闪闪的水滴,形成众多若隐若现美丽的彩虹,仿佛整条瀑布都是用金子锻造的,故名黄金瀑布,它也是冰岛最受欢迎的旅游胜地。

90 多年前,为了保护黄金瀑布,不让外国集团在此修建水利工程,冰岛女子西格里德·托马斯多蒂尔不惜以生命的代价与之抗争并最终取得了胜利。帮助她打赢这场官司的律师斯温·比约恩松则成为冰岛独立后的第一任总统。现在西格里德·托马斯多蒂尔的塑像就立在瀑布附近,成为黄金瀑布永

③

远的守护神。

国土面积八分之一被冰川覆盖的冰岛,水资源十分丰富,大小瀑布星罗棋布。今天还参观了维克小镇附近的"牧羊瀑布"和"树林瀑布",这两个瀑布都高达70多米,水头十足,飞流直下,很有银河落九天的气势。

今晚住在维克小镇,这个位于冰岛最南面只有600户居民的小镇,曾与云南香格里拉、捷克布拉格、日本北海道、美国大峡谷等地一起,被某机构评为"世界十大失恋疗伤圣地"。大概美景当前就会忘却失恋的痛苦,若同是天涯沦落人,同病相怜,说不定可以开始一段新的恋情呢!

在去维克小镇途中,经过2010年因火山爆发大量火山灰遮天蔽日而造成欧洲航线几近瘫痪两周的艾雅法拉火山。原本默默无闻的冰岛,近年因国家破产和火山爆发而一举成名。

记录一下导游小刘,她是一位40岁的上海人,有着江南女子的温婉美慧,讲话很有条理,话语温柔动听,使人有如沐春风的感觉。她大方介绍了自己来冰岛的经历:大学毕业后在上海陆家嘴国际金融中心工作了12年,遇到了冰岛银行派驻上海办事处的一位冰岛帅哥,两人热恋并结婚,结婚的第三天冰岛银行宣布破产,夫妻两人均遭到解雇,于是2008年随夫回到冰岛生活,现育有一双子女,考虑到在冰岛孩子能受到更好的教育,所以暂时留在冰岛。但她表示中国有更多的发展机会,她总有一天是要回国的。

小刘在冰岛生活了几年的最大感悟,就是这里的平等与自由。这里没有阶级和等级观念,以劳动谋生都是光荣的,无论是公职的总统或清洁工,因高收入高税收和高福利,使得这里的人没有生活压力和对前途的焦虑,日子过得轻松而闲适。冰岛不但是个长寿的国家,也是宜居和幸福指数名列世界前茅的国家之一。

参观著名的黑沙滩和圈羊活动

日期：2014年9月20日
天气：晴转多云
图示：① 赶羊回牧场 ② 冰岛的国鸟北极海鹦 ③ 冰岛马是世界著名的良种马
④ 高山牧场 ⑤ 分羊 ⑥ 维克小镇

  位于冰岛最南面的维克小镇，距离首都雷克雅未克180多千米，这个小镇在驴友中很有名气，几乎是来冰岛必到的地方之一。

  维克小镇之所以出名，首先得益于它有一个世界知名的黑沙滩，曾被世界旅游机构评为全球十二大旅游美景之一和世界最美的十大沙滩之一。

  我们昨晚入住维克小镇，就有意外惊喜，收到一份浪漫的礼物，那就是绚丽多姿的北极光，晚上10点钟左右，北极光就在维克小镇上空翩翩起舞，盛装欢迎我们的到来。可惜因在镇内四周都是灯光而无法拍出好照片，但也充分感受到了小镇美丽的夜色和浪漫的情怀。

  昨天晚上邂逅美丽的北极光，今天一早太阳就露出灿烂的笑容，天空晴朗而清澈。导游小刘说我们很幸运，昨晚碰上北极光，今天又迎来大晴天。夏天她曾七八次带队来维克小镇，每次不是刮风就是下雨。

  感受维克小镇的黑色浪漫，当然首先从

黑沙滩开始。黄色的沙滩见过无数，白色的沙滩也见过，唯有黑色的沙滩确是第一次见到。这种黑色闪着幽幽的光泽，几乎没有其他杂色，就像童话故事里公主的神秘眼眸，充满迷人的亮光，而最令人惊喜的是千万年来被海浪打磨得圆润光滑的大大小小的黑色卵石，小的如绿豆、大的若拳头，让人禁不住俯首去拾捡，一颗又一颗，不忍罢手，直到口袋再也装不下。

这些黑色的卵石再经过海浪的千万年不停地冲刷，就会变成细小的沙砾，而它们的前身就是海边黑色的火山玄武岩。在黑沙滩有一段地方，集中了一大片像管风琴形状的玄武岩山体，就像海边一架黑色巨大的风琴，弹奏着山海之交响乐。

这种地理学名为柱状节理的山体，是火山爆发时炽热的熔岩遇到海水冷却收缩爆裂所形成，这种地理现象，在世界一些地方都能看到，听说香港就有一个这样的地质公园，而最出名的恐怕就是英国北爱尔兰的巨人之路了，2010年曾经乘坐美国"星辰公主号"邮轮横渡大西洋旅行，因风浪太大的缘故，未能靠岸登陆北爱尔兰而与巨人之路缘悭一面，这次在此亲眼看见，弥补遗憾了。听说雷克雅未克大教堂的设计灵感，也是来源于这里的柱状节理。

柱状节理大多很整齐光滑，就像机械打磨过一样。离地十几米的地方，石柱上面长满了草，那是海鸥筑巢的地方。成双成对的海鸥在窝里安居。听说这里还是冰岛的国鸟北极海鹦的集中地，夏天时海滩上到处都是这种样子萌萌哒的鸟，而天气一冷它们就飞走，要等到春天天气暖和时才又飞回来。

与黑沙滩遥遥相守的，是海上样子奇特的山岩，有的像笔架，有的像海狮，有的像大象，中间有个半圆拱的，就像凯旋门。大

④

自然超乎寻常的创造力，让人叹为观止。

参观黑沙滩，本来只看一个地方就算完成任务，但冰岛黑米老司机提出来要带我们走三个地方，把黑沙滩最好的景致都看完。因为导游小刘说，以往很多中国团队，来旅游只热衷于购物，对景点只是随便看看就了事，头发花白的黑米老司机看到我们这群爱自然、爱摄影的中国人甚是安慰，愿意把他的祖国最美的景色介绍给我们欣赏。我们很高兴，在遥远的冰岛能遇到这样一个善解人意的知音！所以大家把热烈的掌声送给好心的黑米司机！

除了两个黑沙滩景点，我们又上了一座面对浩瀚大西洋、有灯塔的高山，俯瞰茫茫大洋和奇岩怪石，最后黑米老司机开车把我们带上了维克镇的制高点，袖珍而美丽的小镇一览无遗，本来只安排一个小时的黑沙滩，我们整整观赏了一个上午，看了个够，带着满意快乐的心情，离开这个充满黑色浪漫的维克小镇。

下午还有精彩的节目，这也是黑米司机提供给我们的，看冰岛农场一年一度的圈羊活动。

畜牧业是冰岛传统的产业之一，与新西兰圈养不同，冰岛养羊，大都不用圈养，而是在春天就把它们放逐到山里，让它们随意觅食、自由生长，到了秋天，各个农场就会出动人马，把羊群从山里赶出来关进一个大围栏，然后根据各家羊的记号，辨认分给各家领回。一般来说，羊的数量一定是只多不少，因为在山里，不少母羊生下小羊，而小羊的归属是随母不随父。秋天这个时候把羊从山里驱赶出来，就命名为圈羊节。这样养羊不但成本低，而且太轻松愉快了！但是赶回来的成羊就会被宰杀，供给人们一年的食用。小刘颇为伤感地说，这是羊儿快乐地走向餐桌。

碰巧的是，黑米司机太太认识的一个农场主，正好在今天从山里赶羊回来，于是我们就有了一饱眼福的机会。为了感谢黑米司机，我把带来的小礼物——一个绣了"福"字的红绸缎荷包，送给司机让他转交给他太太。在挪威也曾送了一条绣花丝手帕和一个中国结给小高的挪威女朋友，一点小礼物，聊表感谢他人帮助的一点心意而已。

主人偌大的牧场分别饲养了马、奶牛和羊只，冰岛马是世界著名的良种马，也是地球上血统保持最纯洁的马种，大约在1 200年前由北欧运到冰岛，1 000多年以来从不曾与其他品种有过杂交。它们的体型虽小，力量却惊人，不畏严寒，擅长长程赛事，而且天生比世界上任何地区的马都会多一种步法，以耐寒抗病、体魄强壮和步伐稳健等优

⑤

点,成为皇家卫队和赛马爱好者的抢手货,冰岛马是冰岛人的骄傲。

热情的主人邀请我们到屋里作客,这是一间温馨的房屋,一进门的墙壁上就用多国文字写了各国的名字,右侧的墙上还用各国文字写了"我爱你",这些都是各国游客来农场作客时留下的,主人也请我们留下中文,这个荣幸请两位团友完成,我则在留言本写下:"在一个阳光明媚晴朗的日子,来自中国的 14 位客人,到冰岛一个美丽的农场作客,在主人热情友好的款待中,度过一个难忘美好的下午。Thank You Very Much!"

热情好客的女主人,还精心准备了热茶和咖啡,还有肉夹饼和夹心蛋糕款待我们,语言不通,但彼此心意相通,宾主都很开心,我们也给主人赠送了从中国带来的小礼物。有句话说:"世间所有的相遇,都是久别的重逢。"有缘才能相遇,相遇就该好好珍惜,留下美好的记忆,哪怕一刻也是永恒。

下午 4 点多,从山里圈羊的大部队就要回来,我们乘车去公路上观看。远处白色滚滚的羊流,伴着"咩咩"的声音像洪水一样涌过来,几个骑着摩托车的牧羊人,驱赶羊群顺着一个方向走,后面还有三个骑马的牧羊人,两条牧羊犬卖力地跑前跑后帮助主人赶羊,逆光下的羊群,身上的毛都披上一圈光环。到了一个事先准备好的大羊圈,牧羊人把羊群赶进圈内,有些进了羊圈的羊可能预感到末日的来临,又奋力从 1 米多高的围墙中跳出来,但是从降生开始,它们注定就要成为人们餐桌上的美味,逃不脱的宿命,呜呼!

参加圈羊活动的,除了青壮年劳动力,还有老人和妇孺亲友团,他们当然是看热闹的,感受圈羊丰收的快乐,就是我们这些外来的观光客,也深受感染,分享了他们的快乐,也留下了难忘的记忆。

今晚住宿在教堂镇附近一家连锁酒店,四周空旷无物。如果昨晚住在这里,拍北极光就一流了,可惜时过境迁,今晚北极光降临的概率恐怕很微,但还是做好准备,因为机遇只青睐有准备的人。

⑥

畅游瓦特纳冰川的杰古沙龙湖

日期： 2014 年 9 月 21 日
天气： 阴
图示： ① 冰舌　②③④⑤ 瓦特纳冰川的杰古沙龙湖

昨天的晴天丽日，变成了阴天加雨，今天的行程沿着东海岸走，主要看点是瓦特纳冰川国家公园。

看见我们旅行兴致高涨，小刘和黑米司机嘉奖我们，增加一个景点，即史卡法特国家公园里的黑色瀑布。瀑布的水当然是白色的，而黑色的是指瀑布周围管风琴状的玄武岩，就因为这样，使这个瀑布显得与众不同而令人注目。听说大热美剧《权利的游戏》也曾在此取景拍摄。瀑布位于山谷的顶部，从几十米高的山顶跌落，瀑布的声音就像一架管风琴在弹奏山水乐曲。

在史卡法特国家公园，还可以看见云雾缭绕的冰岛第一高峰华纳达尔斯赫努克山。山下是 1996 年火山爆发引发泥石流而形成的黑色冲积平原。

由于我们大多年过花甲，小刘给我们两个小时的活动时间，实际上来回一个小时足矣。因为路程并不长，并且好走，比起布道石，真是小巫见大巫。

我们很快就完成了任务，得到了小刘和黑米司机的高度好评。小刘说，经与黑米司机商量，决定把"本年度最佳团队"授予我们，并且再奖励一个计划外的景点，一处近距离观赏冰舌的地方。

面积达 8 420 平方千米，占冰岛国土面

①

积十二分之一的瓦特纳冰川，是冰岛和欧洲最大的冰川，也是世界除南极和格陵兰以外最大的冰川。瓦特纳冰川国家公园，除了壮观的冰川以外，还有火山、峡谷、森林、瀑布等多种地貌，是冰岛最大、最受欢迎的国家公园，也是整个欧洲最大的国家公园。

位于瓦特纳冰川南端的杰古沙龙湖，是冰川国家公园最著名的景观，由于气候变暖，瓦特纳冰川不断融化流出，起先是一条流入大西洋的河，从1934年开始形成冰湖，20世纪70年代以来，冰川加速消融，杰古沙龙湖也快速扩容，据说面积已达近30平方千米，水深达200米，成为冰岛第二深湖，而整个瓦特纳冰川也已经后退了几千米。

到杰古沙龙冰湖之前，先到一条冰舌热热身，到了这条瓦特纳大冰川脚下一个小山下的冰舌，果然是近在咫尺、触手可及，这条冰舌的冰融化成水后积在低洼处形成一个小湖，上面堆积了许多尚未融化的、大大小小的冰块，伸手就可以在湖边捞到晶莹剔透的冰块。这个小湖就令大家欢呼雀跃，十分欣喜，而更大的惊喜还在后面呢！

②

离开这个冰舌湖20分钟车程的不远处，就是我们参观的主角杰古沙龙湖。这个冰湖特别与众不同的其是与大西洋直接相连，随着海水的涨落，湖里的水有咸也有淡，这是冰岛唯一一个与海洋相连的冰川，怪不得生活在大西洋的海豹，也移民到冰湖来安居。

一道公路桥梁分隔了冰湖和大西洋，站在公路边就能够欣赏到千姿百态的冰湖，可省去门票钱，但要欣赏更多的冰湖美景，就要乘坐有轮子的船，这种水陆两用的船，车船功能兼备，而且不需要码头，可以直接开到湖里去畅游。

30平方千米的杰古沙龙湖，说它是个

③

167

湖是谦虚的说法，一望无际，十分辽阔。更为壮观的是冰湖里造型多样的浮冰，除了白色、蓝色的浮冰，还有黑色的和黑白相间的，黑色的是火山灰与冰块凝结在一起所致，黑白淡雅的颜色，使得冰湖有了水墨画的感觉。我们看到浮在水面的冰块，只是全部冰块的十分之一，十分之九的冰块在湖的深水中藏匿着，所以驾驶船只也要有航道并加以小心，不可随心所欲，前面有橡皮冲锋舟开路，为防万一，游客都要穿上救生衣。

畅游冰湖，除了欣赏各种各样的冰块，还能看见湖上鸟儿飞翔，湖中海豹畅游，船上的工作人员还从湖里捞上冰块，让大家捧着照相，有人干脆用舌头舔一舔，说是一点也不咸呢！

到冰岛旅行，杰古沙龙湖是不可缺少的项目，这个景点是冰岛最受欢迎、也是欧洲人最向往的地方之一，对于没有机会或条件去南极、北极的人，在这里观赏巨大而多姿多彩的冰块，也可以获得一定的满足感了！怪不得好莱坞很多大片，如《古墓丽影》《蝙蝠侠》《007之择日而亡》等，也都在这里拍摄外景。邮票是一个国家的名片，冰岛官方也曾经在1991年为杰古沙龙湖发行了一枚面值26克朗的邮票，可见杰古沙龙湖的地位确实不同凡响。

看完冰湖已是下午2点，要乘坐5个小时的车程赶往海边小镇住宿，所以午餐各自干粮解决。

车子沿着东部海岸线行驶，一路上风景很美，左侧是连绵火山石山，层层叠叠，犹如梯田一样，右侧的大西洋海岸线弯曲而多姿，白浪滔滔，海鸟飞翔，海湾草丛中看见许多悠闲自在的白天鹅，可惜不能停车拍照，因为公路是双向两车道，不允许停车，只能用眼睛欣赏，再说今天一直细雨蒙蒙，能见度不佳。

快到小镇时，已看见灯光闪烁，但是汽车却没油了，只能停在马路上求助于宾馆送油过来解燃眉之急。等加上油车子开到宾馆，已是晚上7点多了！

因为路上没光线拍不了照和停车等油，我抓紧时间在车上把今天的日记写完，因天气情况，今晚北极光更不可能看到，所以今晚就可以睡个安稳觉了！

看见冰岛最大的代蒂瀑布双彩虹高挂，到达北方之都阿克雷里

日期： 2014 年 9 月 22 日
天气： 多云
图示： ①③ 阿克雷里 ②⑤ 代蒂瀑布 ④⑥ 神马蹄谷地

今天观光的主要项目是冰岛最大的代蒂瀑布和神马蹄谷地。今早离开小镇时还是雾气浓重，转过一座山就看见了日出。

越往北走秋色越浓，低矮的灌木丛一片金黄，地衣红艳艳，牧场的草还是翠绿一片，牛羊马散落其中，衬托着蓝天白云，十分漂亮的北国风光，就像一幅色彩浓艳的油画秋色图。

途中路经过冰岛高原著名的默兹勒达勒农场，这个农场只有一户人家，20 来人，其中有一座小教堂被认为是冰岛海拔最高的教堂，这个小巧的教堂是老农场主 1944 年为纪念他逝世的妻子所建的。教堂附近还有几幢屋顶上长满草的房屋，这种样式的房屋一般都有百来年的历史，故意在屋顶上种草主要是寒冷的冬天房子保温所需。这个地方是前往冰岛代蒂瀑布必经之路，所以游客都会在此歇脚用餐，在这里还可以眺望被评为

①

冰岛最美的女王峰,山顶上常年积雪。

离开高原农场继续前往代蒂瀑布。代蒂瀑布被认为是冰岛最大的瀑布,也被冰岛人认为是欧洲最大的瀑布。这条瀑布落差44米,常年保持高流量,丰水期每秒流量达193立方米,它也是瓦特纳冰川融水所致。

10 000年前和3 000年前,瓦特纳冰川曾经发过洪水,把一块玄武岩冲刷成一个长5 000米,宽1 500米的大坑,这就是著名的神马蹄谷地,这地方四周的玄武岩石墙高达百米,从空中俯瞰就像一个马蹄印,传说是神马落地而形成的马蹄印,故名。

这个被悬崖峭壁包围的神马蹄谷地,是个幽静的好去处,谷内树林茂盛,黄色、红色的树叶,在湛蓝的天空下点缀着美丽的秋色。谷底有个天池,据说是鸟类的天堂,引得人浮想联翩,在这个美丽的地方能与什么样的鸟儿邂逅?

刚进入谷地的树林,飞来一只小鸟停在树枝上好奇地看着我们,大家长枪短炮"开火",它也从容淡定、不惊不飞。到了谷地天池,看见几种小鸟畅游碧水之中,其中有一只海鸥最有表演欲,多次张开翅膀在水面滑行,抢拍到海鸥水中张翅倒影,十分漂亮。听小刘说,夏天这里满池子都是各种漂

亮的鸟儿，现在时已入秋，很多鸟儿已飞到南方温暖的地方去了。特别想看的鸟就是冰岛的国鸟——北极海鹦，它那憨憨的形象，很招人喜爱。

天池周边和水中有许多大石头，上面长满青苔，使得一池碧水更绿。池边的黄叶秋树与蓝天白云倒映在水中，很好看，称得上冰岛的九寨沟，尽管它是袖珍版的。

离开神马蹄谷地，我们奔赴冰岛的第二大城市——北方之都阿克雷里。位于冰岛最北面的埃亚峡湾尽头的阿克雷里，距离北纬66度的北极圈只有100千米，它背靠雪山，面临平静的峡湾，是一个优良的港口和渔业

重要的贸易中心。

因为明天的行程安排得很满,早晨 7 点半就要出发,所以城市观光只能在今天内完成。傍晚 7 点到了酒店放下行李,立刻去游览市容。

被誉为冰岛"北方雅典"的阿克雷里,人口不到 2 万,但已是冰岛第二大城市,城市占地面积不小,但城市中心小巧玲珑,环境幽雅,风景不错,被誉为"北极圈边的花园城市"。尤其是每年的六七月份,这里几乎终日白昼,夜半太阳可谓当地的一大自然奇景。

高耸在市中心一座高坡上的阿克雷里大教堂,是阿克雷里的地标。这个建于 1940 年的风琴形状的教堂,其设计与雷克雅未克大教堂来自同一灵感,出自同一设计师,可称得上姐妹教堂。如果雷克雅未克大教堂是大气端庄的大姐,阿克雷里大教堂则是小巧玲珑的小妹。听说教堂内部安置一个由 3 200 根琴管组成的管风琴,以及反映耶稣生活的非传统浮雕。我们到达时教堂已经关门,所以未能亲眼看见。

市中心步行街 Hafnarstrti 两旁,整齐排列了很多露天咖啡桌和纪念品店,无论是啜咖啡或购物,这里都是旅游度假的好去处。市中心旁边的海湾,停靠了许多私家帆船。夏天的时候,人们驾驶小船扬帆出海,真是无比的惬意。

由于阿克雷里邻近冰岛以原生态的自然风光闻名遐迩的重要旅游区米湖和北冰洋观鲸小镇胡萨维克,而成为前往这些地方的重要落脚点和出发地。

最令人高兴的是,这里有一家名为"平哥酒楼"的中餐馆,老板是个冰岛女人,厨师应该是中国人平哥吧,在这里吃了一餐广东风味的炒饭,里面有虾仁肉丝和蛋,味道不错,因为分量足,吃不下都舍不得浪费,一律打包!

下海看鲸鱼，上天看火山，晚上北极光来助兴

日期： 2014年9月23日
天气： 少云
图示： ① 胡萨维克小镇 ② 火山喷发后的地貌 ③ 北极光
④ 正在喷发的巴达本加火山 ⑤ 虎鲸

今天真是个好运连连的日子，上午在小镇乘船出海，看到鲸鱼跳跃腾挪的激情表演；下午乘5人小飞机飞临巴达本加火山上空，亲眼看见火山喷发和岩浆流淌成河的壮丽景象；晚上9点多，北极光盛装光临，在璀璨的星空翩然起舞，让我们喜出望外，一整天都处在高度兴奋之中。用广州话讲，"行运行到脚趾头！"

胡萨维克小镇是冰岛观鲸最佳之地，地处北冰洋港湾的小镇，是鲸鱼的天然栖息之地，常见的鲸鱼有须鲸、座头鲸、虎鲸等好几种，还有不少海豚，据说在这里观鲸的成功率高达98%。许多来冰岛旅游观光的人，都会选择到这里观赏鲸鱼。

小镇码头在一个小教堂前面，有出海观鲸的游船和几艘仿古的帆船，码头四周有密密麻麻的海鸟云集，难得今日是个阳光灿烂的丽日晴天，风不大，对观鲸十分有利。我们高高兴兴地上船，各自找好位置，等待与鲸鱼的约会。一路上风光不错，蓝天白云下的海湾风平浪静，晒着暖暖的太阳，吹着柔和的海风，大家都在急切等待鲸鱼的出现。

观鲸时间是从上午9点到中午12点3个小时,游船在海湾兜了一圈,已用时两个小时,可是连鲸鱼的影子都没有见到。船已经开始返航,大家越来越沮丧,正在这时,在船驾驶室顶上瞭望的人终于发现了鲸鱼的踪影,随着他的指引,我们也看见了鲸鱼的三角鳍,先生第一个用相机拍到了,大家如释重负地说:终于可以交差了!

谁知好戏还在后头,不但多次看到了鲸鱼的鳍,而且同时看到好几条,甚至还看到它们腾跳出水面。不知鲸鱼当天是否吃了"兴奋剂",还是为了表示让我们久等的歉意,一跳而不可收拾,一条接一条、一次又一次连续不断地跳出水面。姿势优美,充满活力,让我们惊喜、惊呼,手中的相机像机关枪一样高速连发,看得过瘾,拍得也过瘾,过足了瘾头,十分痛快!

因时间关系,惜别可爱的鲸鱼,如果不是它们及时出现,我们看鲸的愿望就要泡汤,浪费几十欧元事小,浪费我们万里迢迢的一腔热情,就太让人沮丧了!

9月12日我们还在北极的"探险号"破冰船上的时候,就听说冰岛火山又爆发了,当时还担心不知是否会影响我们的冰岛行程。而今天下午我们乘坐5座的小飞机,飞到了这个巴达本加火山口的上空去看火山

的喷发。

俗话说,"靠山吃山,靠水吃水",聪明的冰岛人正是这方面的专家,他们因势利导,变废为宝,在保证安全的前提下,开展乘坐小飞机观赏火山喷发的新奇旅游项目,甫一推出,便获得满堂喝彩,成了深受欢迎的热门项目,而巴达本加火山,也因此成为冰岛旅游的新宠。虽说冰岛是个火山经常爆发的国家,但能有机会飞上天亲眼看见也是很不容易的,这次我们是机缘巧合,天时、地利、人和都碰上了,真是有福有运啊,连导游小刘和黑米司机都十分羡慕我们呢!

在米湖边上的一个小型飞机场,我们分两批坐上5座的小飞机,系好安全带,带上耳麦,做好一切准备后,小飞机呼啸冲上天空,机翼下是著名的米湖风景区,大约2 300年前,玄武岩熔岩大量喷发而形成了米湖,周围主要是火山地质景观,飞机掠过米湖,再过去就是一片寂静荒芜的地方,这是一大片火山灰覆盖的不毛之地,据说1477年巴达本加火山曾经有过一次惊人的爆发,产生了过去10 000年时间里最大的熔岩流量,绵延数千里,而巴达本加火山最近一次火山爆发的时间是1910年。

大约半小时,飞机飞到了巴达本加火山上空,只见一片白色的烟雾中,几团红色的

④

火焰在熊熊燃烧，就像炼钢高炉中的钢水一样，不时还有火花与烟灰飞散出来，十分震撼。滚滚的火山岩浆像火龙一样，流淌成一条红色的河流，还冒着白烟，蔚为大观，令人难忘。遗憾的是，因为飞机的引擎声隆隆作响，无法听到火山喷发的声音。沉稳老练的驾驶员，操控着飞机在火山的一边兜了三圈，让坐在左舷与右舷的人都有机会看清楚，之后顺利返航。

下午傍晚的天气十分晴朗，光线很美，尤其是天上的云彩倒映在水面，水天一色，如梦如幻，仙境一般。

今天在米湖附近的Stong农庄住宿，也是四周无其他人家的空旷地方，下车时我心想：如果今晚再看见北极光，那就十全十美了！想不到美梦成真，今晚真的再次与北极光相遇，并且是很强很美的北极光，感觉今天是多年旅行中最幸运的一天，将永载记忆。

晚饭后整理白天观鲸和看火山的照片，把它们转为微信发给亲友们分享，正在上网时，老邵跑过来敲窗户，说北极光来了，起初有点不相信，这才晚上9点多，北极光会这么快就光临了？通常北极光是在晚上11点至半夜2点才出现的，老邵这个人很少开玩笑，将信将疑跑出去一看，果然是一道长长的北极光在空中飞舞，不久又散作放射性的扇面，色彩浓艳，十分漂亮。大家纷纷跑出户外去拍照，黑暗中李女士连铁丝网都没有看到就冲出去，弄了个人摔网破，把相机三脚架也摔断了！

今天真是运气上佳，平日里有Wi-Fi的情况下，我都是每天只发一条微信，今天实在是太精彩了，所以一口气发了三条，第一时间与亲友们分享。小刘看见我的微信，马上加我为好友，立刻转发。她说当导游这几年带了这么多团，运气最好的就是我们的团，冰岛最好的东西都让我们看到了，而且看得很好。我想这样的运气恐怕是空前绝后的，要有多少的机缘才能修成这样的正果。

⑤

游览冰岛最美的米瓦登湖

日期： 2014 年 9 月 24 日
天气： 多云转阴雨
图示： ① 朝霞 ② 米湖的秋色

昨天的好运气延续到今天上午，本来预报有雨的天气，一早却美丽无比，红色的朝霞布满天空，更有一队队天鹅和大雁从红霞的天空飞过，十分好看。整个上午天气都明媚而清爽，天上朵朵白云排列出不同的图案，引人注目。

如果说冰岛南方旅游的黄金圈是蓝湖温泉、国会山国家公园与黄金瀑布，那么北方旅游的钻石圈则是代蒂瀑布、北冰洋观鲸与米湖。

冰岛第五大湖——米湖，是米瓦登湖的简称，位于冰岛北方活跃的火山区。面积达 31 平方千米的米湖，是 2 300 多年前因火山爆发而形成，从米湖流出来的水，经雷克塞河导入大西洋。

米湖周围有许多火山地貌，湖中有许多岛屿，周边有很多湿地，所以米湖有许多水禽，其中野鸭最多。这里有一个鸟类博物馆，展示各种栩栩如生的鸟类标本有 100 多种。

米湖是冰岛著名的风景区，以原生态的自然风光闻名遐迩。其中有"魔鬼厨房"之称的地热区，有"魔鬼城堡"之称、造型多样而奇特的熔岩迷宫，更多的是湖岸边秀丽的田园牧场风光。

米湖丰富的地热资源包括常年冒烟的蒸汽孔、滚烫的泥浆池、间歇泉、温泉湖等等，听说早年美国宇航员训练时就选择在这里，模拟月球的环境，这里还有地热发电厂、热水供给厂等，都是清洁环保又用之不竭的能源，这是冰岛得天独厚的自然条件，令人艳羡。

火山熔岩凝固成的岩石千奇百怪，绝对没有一块是相同的，尽可以发挥想象给它们起各种各样的名字，其中有一处熔岩集中的地方，被称为"魔鬼城堡"，寂静的夜晚，独自漫步其中，黑暗中魅影离奇，恐怕会令人害怕。但是在白天，这里却是风景如画，因为金黄色的秋树与千姿百态的熔岩相互辉映，很酷很美。

告别米湖，下午我们又去看瀑布，这个名为神灵的瀑布，因为千年前基督教传入冰岛时，Thorgeir 决定信奉基督教，而将过去信奉的神灵信物全部抛入瀑布中，所以命名为神灵瀑布，因为在冰岛看瀑布实在太多，多少有点审美疲劳了！

深入火山口底部探秘

日期： 2014年9月25日
天气： 阴晴不定、雨雪交加
图示： ① 熔岩瀑布　② 五彩斑斓的地心　③ 彩虹

今天是冰岛行程也是全部北欧、北极整个行程的最后一天，明天就要启程回家了！今天的重头戏是到一个火山口下面去参观，是一项集观光与自然探险新奇刺激的活动。前天上天，今天入地，玩得也真够酷了！

首先到西南角的海边去看一块外形像犀牛的礁石，车行1个多小时，到了茫茫大西洋岸边，看见一块立在靠岸边海中的礁石，像一头正在低头觅食的犀牛，样子惟妙惟肖！

车子经过冰岛、也是欧洲最大的地热厂，在这里稍事参观。这里的温泉水是世界最大的开水沸泉，泉水从岩石洞中汩汩涌出，形成间歇式喷泉，源源不断的热水通过

①

管道送到方圆65千米之内的村镇供热。

又是一个瀑布，这个被认为是冰岛最具特色的熔岩瀑布，与其他瀑布的不同在于它是一个瀑布群。清澈的急流瀑布从长达数百米的熔岩峭壁中涌出，很像九寨沟的诺日朗瀑布。加之四周是黄叶，共同组成一幅秋水黄叶图。附近还有一条名为"儿童"的悲情瀑布，因有两位儿童在此失足溺亡而名。

今天还有本次全部行程的最后一个项目，就是刺激的火山口底部探秘。冰岛是个遍地火山的国家，大的火山爆发总是成为世界级的新闻，不仅影响交通、气候，甚至还影响政治和历史。1783年的冰岛火山大爆发，富含二氧化硫的火山灰飘到法国，严重影响了那里的气候，连续几年农作物失收，激发了阶级矛盾，最后引发了法国大革命。

聪明而富有创意的冰岛人，利用火山做足文章，活火山开展飞机观赏火山喷发，死火山则开展地心探秘，据说还是全球独此一家，别无分店。

在雷克雅未克郊外几十千米的地方，有一座名为蓝山的死火山，4 000年前爆发后进入死亡状态。最早发现它的是一位热爱户外活动的眼科医生，该火山后来成了冰岛抢险救援队的训练基地，美国《国家地理》杂志也关注了这里，并且做了报道宣传。2012年开始，蓝山被利用来开展探险旅游活动，每年从5月到10月，每天限定60人参加。这个项目很火，深受欧美喜欢户外探险活动的人们青睐，需要提早预约才能有位，我们就是提前一周预定的。

冰岛是个天气变化无常的地方，离开熔岩瀑布时天开始下雨，到了雷克雅未克，雨停天晴，一条绚丽的彩虹欢迎我们的到来，听说昨天雷克雅未克还刮起11级的大风呢！

来到蓝山脚下的一间房子，每人配发一件黄色的雨衣，由一位专业女导游带领我们向火山口进发，要沿着一条3千米长用火山碎石铺成的简易山道步行45分钟才能到达。行进途中又一次经过欧亚板块与美洲板块的裂谷，是与国会山国家公园那道裂谷相连的。

终于来到火山口，每人头戴有两盏小灯的矿工帽，身绑吊索，5人分为一个小组，分批乘坐矿井的吊笼下到120米深的火山口底部。

洞口不大，只比吊笼稍大一点，经过几分钟下到火山口底部，里面颇大，别有洞天，遍地是大大小小的火山石，在幽暗的灯光下，四周壁上呈现赤橙黄绿青蓝紫各种颜色，犹如毕加索的抽象画，令人惊艳。这是含有各种矿物质的石头，经火山爆发的大火燃烧后呈现五彩缤纷的色彩，与我们原来想象乌黑一片大不一样。大自然的绚烂多彩和鬼斧神工，实在令人赏心悦目、叹为观止！

在坑底只能待半小时就要上去。出了洞

②

口，赫然看见一条彩虹连接天地。回到小屋，工作人员为大家准备了热气腾腾的羊肉汤，因为怕膻，平日不吃羊肉，这次也喝了一碗，顿时觉得身上暖洋洋的。这里有资料表明，我们下到火山口底下的水平高度，与纽约自由女神像的基座和雷克雅未克大教堂的基座相仿。

等到大家到齐，又原路步行返回，路上又是一番风雨交加，大自然的变化就像人生的旅程一样，有风有雨有彩虹，有阴有晴都平常。今天着实领教了冰岛的气候多变，怪不得美国宇航员每年都会来冰岛实习，它的地形地貌和多变的气候，大概与月球很相似。

冰岛最后的晚餐安排在雷克雅未克的东皇酒楼，在路上就叫小刘让酒楼老板给我们备好三文鱼刺身、小龙虾、北极虾、海参、鳕鱼等美味佳肴，邀请小刘与黑米与我们共进晚餐，既是犒劳我们自己，更是表达对小刘和黑米司机热情良好服务的衷心感谢！

晚餐席间与中信国旅组织的北极团相遇，他们走的是22天的行程，比我们晚5天从朗伊尔启航，在北极他们看到两次北极光，却无缘看见北极熊，光是这点我们团完胜！他们不无妒意地说，北极熊被我们吓跑了！听我们说上天入地的经历，还看见鲸鱼的倾情表演，羡慕得流口水，要求马上加微信、要照片。的确，我们的完美行程，足以引以为傲！当然也很乐意与更多热爱自然、热爱旅行的朋友一起共享！

冰岛以最美丽的彩虹为我们送行

日期: 2014年9月26日
天气: 晴
图示: ① 冰岛自然风光

离别的时刻终于来到,又要与本次行程说拜拜了!今晨8点半小刘与黑米送我们去机场,雷克雅未克又在淅淅沥沥下着雨,可是快到机场时,天上又挂起一道彩虹,而且是完整的,十分漂亮。冰岛以最美丽的彩虹为我们送行,令人感动,上天太眷顾我们了。

在机场与小刘和黑米依依惜别,8天的相处,大家都成了好朋友。每次分别都是为了下一次的重逢,有缘的人,在对的时间里相遇,也许是萍水相逢不久就相忘于江湖,也许是成为永远的朋友,缘深缘浅看造化,让时间来回答吧!

飞机经过两个多小时飞行到了奥斯陆,又是一个晴朗宜人的好天气。到了下榻的机场宾馆,写了一条总结性的微信发出去,很快小高和小刘都有了回应,小高写道:"阿姨,欢迎再来!"我则回答:"谢谢小高和小刘,没有你们的热情和尽职尽责,我们的行程不会如此完美,衷心致谢,有机会我们还会来,也欢迎你们来广州作客!"

明早搭乘飞机回国,出来30多天,倦鸟也该归巢了。多年来多次的旅行,像这次如此完美还是第一次,给予95分的高分!最难得的是乘飞机看喷发的火山,其次是邂逅北极熊、北极光和跳跃的鲸鱼,因为这些都是可遇不可求的。天时地利人和全都占了,好运一直跟随我们,无比感恩!

本次行程辗转30 000余千米,历时一月有余,想看的东西都看到了,没曾想看到东西也看到了,而且看得很精彩,真是满意得无话可说了!

人在旅途，梦在远方，路有多长，梦就有多远

日期：2014年9月27日
天气：晴
图示：① 冰岛自然风光

告别奥斯陆还是一个晴朗的天气，但是一早接到小刘的一条微信，说昨天，也就是我们去火山口探秘的第二天，有两个外国人去那里，一不小心掉进洞穴，其中一个摔成重伤还在抢救。旅行与人生一样，总有艰险和意外，只能小心行事，但不能浇灭我们内心向往自然、亲近自然的热情，因为只有在大自然，人类内心与自然之魂的对话，才能找回自我并塑造一个更好的我。

顺利登上飞往莫斯科的飞机，万里晴空下，挪威山水历历在目，更为奇妙的是，竟然看见机翼下的云朵上出现一个彩色的圆环，是彩虹吗？还是什么天文现象？第一次看见，太奇妙了！这次行程从头到尾都给人以惊喜，这就是旅行的魅力所在。回家，是为了下一次远方的出发，而无论走多远，还是要回到温暖的家。

人在旅途，梦在远方，路有多长，梦就有多远……

①

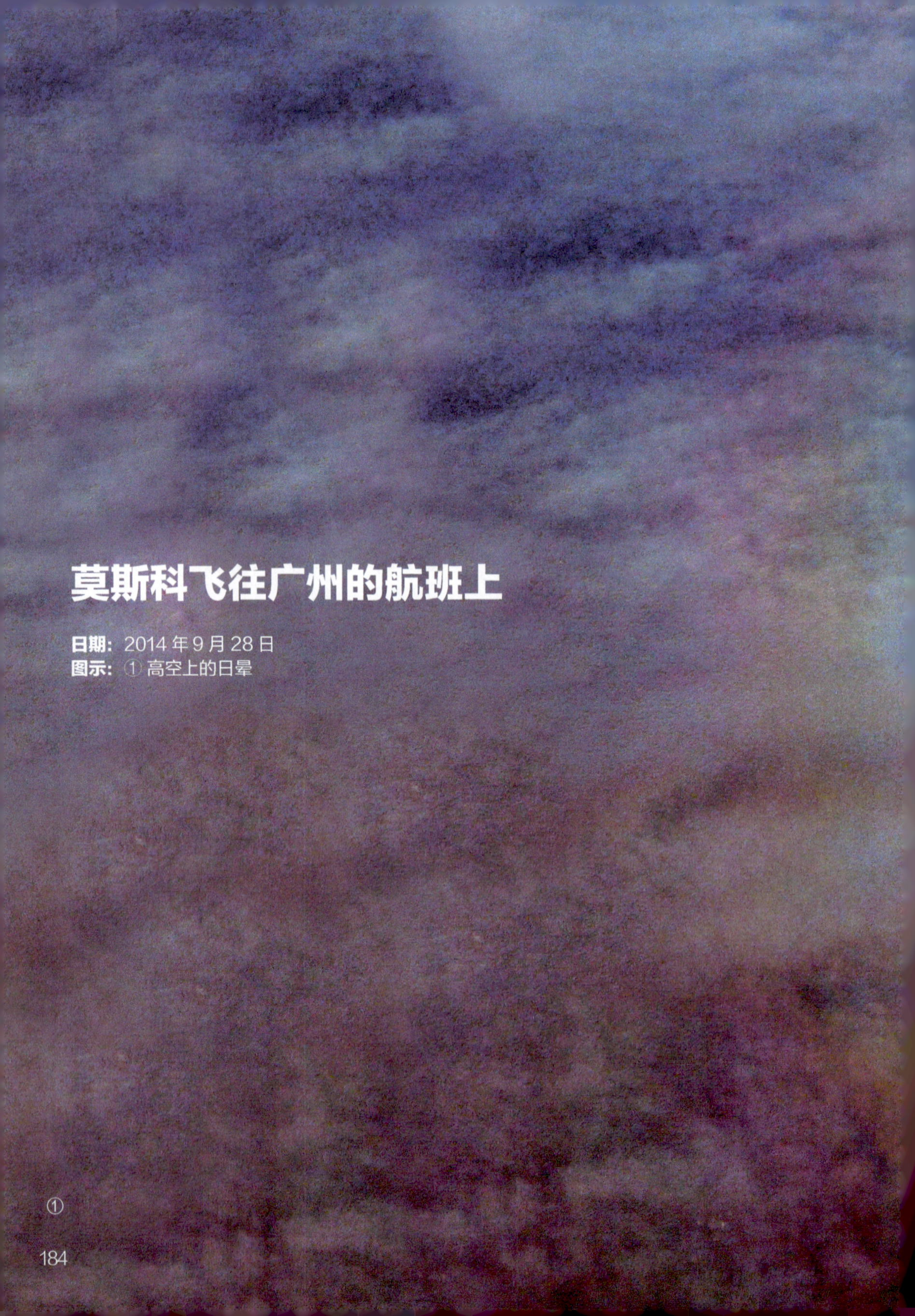

莫斯科飞往广州的航班上

日期： 2014 年 9 月 28 日
图示： ① 高空上的日晕

①